いのちに仕える「私のイエス」

星野正道

オリエンス宗教研究所

目　次

聖書本文の引用は『聖書　新共同訳』（日本聖書協会）を用いています。

遠藤周作『侍』からの引用は新潮文庫（一九八六年初版、二〇一七年第三十九刷）によっています。引用文末尾の〈　〉内の数字は同書での頁を表します。

引用文中〔　〕内の注記は著者または編集部によるものです。

いのちに仕える「私のイエス」

1　『侍』という小説と福音宣教

教会はキリストのからだ

　これから遠藤周作の『侍』という小説を見ていきながら「福音宣教」について考えてみたいと思います。福音宣教というのは、これまでいろいろな意味にとられてまいりました。「教会がもしも宣教をしないならば、それは何もしていないことだ」と言われます。なぜでしょうか。そこには押さえておかなければならない大切なことがあります。それは「教会はキリストのからだである」ということです。

　私たちはこのことをすぐに忘れてしまいます。教会というのは建物であったり、組織であったりします。ローマには教皇庁という大きな組織もありますし、一つひとつの小教区もあります。その教会のなかには主任神父がいて、さらにいろいろな役目の方がいらっしゃる。そういった組織を私たちは教会と考えます。それは、私たちがそのように目で見たり、手で触れたり、実際に関わったりすることのできるものを認識するのに慣れているからです。

　しかし、「教会」とはそのような捉え方には留まらず、「キリストのからだ」と言うことができます。「からだ」と言うと、私たちは「あちこちに肉がつきすぎた」というような「からだ」を想像してしまいますが、そうではなく、「復活したキリストのからだ」であり、一人ひとりの方を通してこの世界のなかにいろいろな働きをしていくと捉えられているものです。それはあたかも、今から二千年前にイエスが今のイスラエルの地、パレスチナの地で旅をされて、いろいろな人々に触れたり、いろいろな人々の思いを受け取ったことと重なり合わされていることだと思います。つまり、今生きている一人ひとりの人間のありさまを通して、この世界でイエスは今も生きておられる、しかもあの時以上の大きな働きをしておられるということなのです。

　あの時、すなわち今から二千年前はパレスチナという一つの地方に限られていました。そして伝承によれば、イエスは三十三歳で亡くなったと言われているので、その限られた時間のなかで人と出会い、世界と関わっていかれたのです。しかし、復活したキリストは、その時間と空間の枠を超えた存在です。つまり神と等しいものとして私たちは認識しています。

では、その復活したキリストはどうやって人々と出会い、働きかけていくのか。それは、まさにあなたの喜びや悲しみに彩られたかけがえのない独自な人生を通して、この世界に働きかけようとします。それがキリスト教というものなのです。だからこそキリストにとって、それぞれの時代に翻弄されながらもけなげに生きようとするすべての人々、特に小さな人々が大切なのです。その名もなき人々こそ、神が自らを現す場なのです。ですから大切な神さまがいて、そこに向かって一生懸命お祈りをしていると願いがかなうとか、病気が治っていくということが聞き届けられるということがあったとしても、それと今、お話ししたこととはずいぶん違います。

この世界にイエス・キリストは働きかけています。例えば、これまでも多くの医師がいましたが、その人たちは復活したキリストの働きかけにうながされ、自分は人を助けたいと思ってたくさんの勉強をし、医師になったのです。今の医学生の多くも、この先、人々の助けになりたいという心で医師を志したのだと思います。そのような形でこの世界に実際に働きかけていく。それがキリストの姿なのです。

霊において、神さまが直接働いていろいろなことをなさるということはもちろんありますが、それればかりではありません。「教会はキリストのからだである」とは、今申し上げたように、神さまは生きている人間を通して働こうとされているということなのだと思います。

では、先ほど申し上げた「教会がもしも宣教しないならば、それは何もしていない」というのはどういうことなのでしょう。ガリラヤ周辺を歩いていたイエスは、空を見ながらただ散歩していたのではありません。あのときもそこで出会った人々に対して何か働きかけていただろうし、復活したイエスは教会というご自分のからだを使って人々に触れていこうとされています。

ここで言う「宣教」とは何でしょうか。それは、イエスが一つのお手本と言ってもいいでしょう。イエスはご自分のからだを持っておとめマリアからお生まれになって、十字架の上で手を広げてこの世を去っていかれました。その間の人生そのものがすでに宣教であったということを見なければなりません。つまり、イエスが人々に触れたこと自体、それが宣教だったのです。別に、そのころまだ存在しなかったキリスト教をプロパガンダ（宣伝）したわけではありません。しかし、イエスは神さまの心を持って人々に出会っていかれました。ですから、ここから引き出されてくる「もし教会が宣教しないならば、何もしていない」と言ったときの宣教とは、神のみ心に従って何かをするという意味です。皆さまもまた、お一人おひとり、自分らしいやり方でこの世界に触れておられるのです。

『沈黙』への驚き

そのあたりを問題にしたのが遠藤周作（一九二三－九六）という一人の作家でした。彼は神さまからもらった文学的才能を使って、この社会に接触をしていこうとしました。

遠藤さんの『侍』という小説は一九八〇年に出版されたもので、彼の作品のなかでいちばん高い評価を得たものだと言われています。しかし、さらに話題になったのはこの『侍』という作品より、その十四年前の一九六六年に出版された『沈黙』という作品でした。

第二バチカン公会議（一九六二－六五）の直後にこの『沈黙』が発表されたのですが、当時の人々は今の私たちと同じようにキリスト教を理解していたわけではありませんでした。つまり、当時は教会が教えることや教会の掟《おきて》を守って天国に入ることが、主な信仰の形態でした。それが間違っていたというわけではありません。キリスト教は本当に幅が広く深いので、いろいろな側面を持っています。ですから、そういうところに光が当たっていた時代に、神さまがどのようなメッセージを発するかということを見ていくことも、とても大切なことです。しかしそういう時代に、神が「私を踏むがいい」と言う小説が出てきたので、人々は驚いたのです。当時の人々は、そのような神を想定することができなかったので、とても大きな話題になりました。

これから扱う『侍』という小説は、第二バチカン公会議の考え方が教会に相当浸透して、典礼をはじめとするいろいろなものが、もうすでに変わってしまっている時代のなかで書かれたものです。ですから、新しい視点、あるいは別の視点から書かれたものと考えればいいでしょう。つまり、イエスはどのように人々に触れるのかという意味で、宣教的視座というものを提案している作品でもあると思います。

作品中の時代背景

本章ではまず、この『侍』という作品のポイントを簡単に紹介しながら、福音宣教との関わりを見ていきましょう。それぞれのポイントは、後の章で詳しく扱うことにいたします。

この小説はフランシスコ・ザビエルが日本にやって来て、日本人がキリスト教に触れるようになったころからのことが描かれています。ここで多くの人々がキリスト教に回心していきます。当時の社会で、大名という相当な地位にある人々から一般の民衆まで多くの人々がキリスト教に帰依していきました。その数は史料によってずいぶん違いますが、四十万人くらいいたのではないかと言われています。カトリックの信者は今でも約四十四万人(二〇一七年現在)です。しかし、江戸時代に入る前のわが国の人口はおそらく六千万人もいなかったと言われていますので、そのなかでこれだけの人が帰依していったのがフランシスコ・ザビエルから始まるキリスト教宣教の姿だったのです。

ザビエルの来日当時、日本はまだ統一国家ではありませんでしたが、この『侍』という話は、すでに徳川家康が江戸に入城し、日本が中央集権的な国家に生まれ変わろうとしているころのものです。同時に当初のような自由な布教活動が許されている時代も過ぎ去り、すでに徳川家が治めている領地においてはキリスト教に対する禁教令が出ています。ですから江戸ではもうキリスト教の自由な宗教活動はできません。許されていたのは病人の介護や治る見込みのない伝染病患者の収容施設の運営だけでした。そういうものは社会にとって使えるものなので許可されていましたが、そこでキリスト教やキリストを説くというようなことはしてはいけないことになっていました。

植民地にするということ

この作品ではベラスコという一人の神父が出てきます。彼は通訳としてノベスパニヤ（メキシコ）に行くわけですが、ポーロ会という修道会に属しているという設定になっています。また、ザビエルの時代から長く日本で宣教活動をしてきた修道会をペテロ会と名づけています。

数十年間、ペテロ会は長崎にほとんど植民地にひとしい土地を得て、その収益から布教費を作りだしていた。彼らは軍事権こそもたなかったが収税の権利も裁判権もその土地で行使していた。九州を占領した太閤がこの事実を知った時、布教に名を借りた侵略だと激怒して、禁教令を布《し》いたことは誰でも知っている。あれが日本の布教をすべて暗くする切っ掛けになったのだが、ペテロ会は、今はそれを都合よく忘れてしまっている〈34〉。

遠藤さんは、この神父にこのような述懐をさせています。この時代は、ヨーロッパ以外にも土地があることが発見されていった、いわゆる大航海時代です。そしてアメリカ、そしてアジアに向かうそれぞれの権利をスペインとポルトガルで分け合って、帆船を世界に出していきました。そして彼らが、日本にもやってくるわけです。そのときに世界中のいろいろな国々、例えば、後に『侍』の舞台になっていく中南米だけではなく、ヨーロッパ人にとっての未知の国々が、植民地になっていきます。そこにはもともとそこで生きていた人々がいましたから、まったく空っぽの島に上陸したわけではありません。そこにはインカ文明をはじめとして、ヨーロッパの文明よりもよほど進んだ文明がありましたが、そこに暮らす人々はヨーロッパ人と違って武器や弾薬を持っていなかったので簡単に占領され、植民地になっていったのです。

私たちはこの「植民地」とはどういうものかと考えるとき、例えばゴムや石炭などを産出する地域を押さえて、そこからこれらの原材料を本国に運んで製品を作り、世界に売るということをイメージします。しかし、実際はそれだけではなく、植民地はまた「消費地」としても位置づけられているのです。原材料を非常に安い値段で買い取って本国へ持っていき、本国の高い技術でそれを製品化して植民地で売りさばきます。その結果、植民地であるその地は少しだけ文化的に向上することになります。すると植民地に住む人々はさらに新しい何かが欲しくなり、しだいにそこは本国にとっての消費地になるわけです。

そのような地域をたくさん持つことによって本国はどんどんお金持ちになっていきます。他の地域にも植民地を持っている国ならば、原材料を入手するという側面と、アジア、北米、南米のものを組み合わせて製品を作り上げ、それを例えばアジアにまた持っていって販売することができます。これはそのアジアの人々には絶対にできないことです。その三カ所を押さえている国にしかできませんから、とてつもなく高い値段で売れるわけです。

先の神父の述懐は、それと同じように当時のペテロ会が長崎を植民地にして、そこで収益を上げていたという内容です。しかし、植民地の持ち主は国ではなく修道会なので、収益は布教費として使いました。キリスト教宣教のための費用はかかりますし、そこにいる宣教師たちの生活費も必要なので、そのようなものとして使われていくというのでしょう。

しかし、それだけではありません。原材料を買うということは現地の人たちにお金を渡すことなので、その現地の人にとっては収入となります。だから、所得がある人は所得税をよこしなさいとばかりに、その収入から税金をとるのですから、そこはなかなか巧みです。

そして、その地域で問題が起こったときの裁判権も地域の人々ではなく、そこを治めている人々、つまり植民地にした人々が持っています。ですから、支配者に属する人同士で問題が起きたときはまだいいのですが、日本人とそこにやってきている人との間で何かトラブルが起きたときには、公平に裁いてもらえる可能性は非常に低くなります。

現実に沖縄を例にとれば、そのようなことがこれまでも、また今も起こっているわけです。これは沖縄だけではなく、米国の軍人がこの東京で何か事故を起こしたときにも、日本の裁判権がすぐ及ぶというわけにはいきません。そういう状態のことを指しています。

「侍」と呼ばれる人物

この神父は江戸に住んでいたのですが、江戸にはいられなくなったため東北のとある藩の領地に来ています。そして今、そこの藩がノベスパニヤと直接貿易をしようと思っています。各藩は独立しているのでそういうことは許されていました。江戸ではキリスト教に対する禁教令が出て、信者たちは弾圧されていますが、東北や蝦夷《えぞ》には出ていません。それで日本中から、特に江戸からたくさんのキリスト教徒が東北へ逃げてきており、神父たちもまた、そこに来ています。そうしたとき、藩は太平洋の向こう側のノベスパニヤと貿易をしようとします。なぜなら、そのようにして豊かな藩にならなければ、やがては自分たちも徳川に抑えられてしまうという危機的状況があったからでしょう。彼らにとっては貿易がどうしても必要になってくるのです。

先ほど少し植民地の話をしましたが、それはもう一つの宣教のやり方だったということを言いたかったのです。こういう形で、長崎で一つの地域を自分たちの修道会の領地として治め、そこをキリスト教化していきます。そこで資金を集めて、長崎だけではなく九州から山口、そして日本中にだんだんに広げていくという方法をとったのだろうと思います。

一方、この「侍」と呼ばれる主人公のモデルとなったのは支倉常長《はせくらつねなが》という人物です。この人が生まれたのは一五七一年で亡くなったのは一六二二年と言われ、五十一年の生涯だったようです。二〇一三年六月、ユネスコはこの支倉常長が参加した慶長遣欧使節関係資料を世界記憶遺産に指定しました。これは日本とスペインが共同でユネスコに推薦したものですが、そのうち日本にあるローマ市公民権証書、支倉常長像とローマ教皇パウロ（パウルス）五世像は二〇〇一年に国宝に指定され、現在は仙台市博物館に収蔵されています。

この侍、すなわち支倉常長という人物が、なぜ慶長遣欧使節に参加することになったのかについて、遠藤さんは作品のなかで次のように描いています。侍の下男である与蔵という人が常に付き添っているのですが、その与蔵が今、鳥を捕ろうとして銃を撃ちました。

雪原の上に与蔵の撃った銃声が、つめたい大気を引き裂き、小波《さざなみ》のようにゆっくりと拡《ひろ》がっていった。渡り鳥が数羽、青空に舞いあがる。青空のなかで渡り鳥の翼は白かった。冬が来るたびに侍は自分の知行地にやってくるその白い鳥を見たが、その鳥が何という国から訪れたのかは知らない。知っているのはその鳥が遠い土地、遠い国から来るのだということだけだった。その鳥はあるいは自分が赴くノベスパニヤという国から来たのかもしれなかった。

だが、自分はなぜ使者衆の一人に選ばれたのだろう〈58－59〉。

侍は不思議に思います。もっと優秀な侍が藩のなかにたくさんいる。自分の家は今の藩主の先代のころから奉公しているが、格別の働きをしたわけではない。そんな家の総領なのに、なぜ抜擢《ばってき》されたのか、どうしてもわかりません。また、ここではこの侍が、どういう人柄であるかということも遠藤さんの筆を通して知らされています。

もう一つ、この人には事情がありました。もともとこの一家には先祖伝来、黒川というところに知行地がありました。そこは大変肥沃《ひよく》な土地で日当たりの良いところでした。しかし、殿が新たに城郭と町を造った際、この一家には黒川の代わりに谷戸《やと》という土地と三つの村を与えました。この谷戸の土地はやせていて、わずかな米や麦のほかは蕎麦《そば》や稗《ひえ》や大根しか採れません。そんな荒れ野のような土地に移されたのです。

そこでこの一家はこのノベスパニヤに赴くという話にのっていきます。別に殿からそう言われたわけでもないのですが、この遣欧使節に加わって手柄を立てれば、あの肥沃な土地の黒川に帰れるかもしれないという、まったく根拠のない淡い希望を心密かに抱いているのです。

作品に重ね合わせられたもの

ここで遠藤さんは、人間とはそういうものではないかということを語っています。つまり、人間とは時代の波に翻弄されるなかで、生きていくために最低限のものを得ようとして、上から言われたことを忠実に実行し、しかもそれをやり抜いていかなければならない存在だということを話し始めているのです。

ですから、この『侍』という小説がいつ書かれたのかということに注意を向けることはとても大切です。この作品は一九八〇年に出版されました。日本の高度経済成長をいちばん広くとると一九六〇年から八〇年まで、厳密に言えば東京オリンピックが終わった翌年の一九六五年から七五年です。一九七三年にはオイルショックの影響で、今までのように安い原油を使ってどこまでも成長していくということが先進国には許されなくなっていきました。一方で東西冷戦がそのまま続くなか、すでに製品を日本国内で生産して世界に売るというよりは、現代のグローバル経済に似た状況がやってきています。私たちが子どものころには一ドルは三百六十円でしたが、金融市場は完全に開放され、円は変動相場に入っていくという時代になったのです。

そうしたなかで、経済成長を持続させるために世界に打って出るということが必須の条件になってきました。国内で洗濯機やテレビを売って大儲《もう》けするという時代はすでに終わっていたので、どうしても世界を相手にして仕事をしなければならないという状況でした。作者はそこに、メキシコと直接貿易をしようとしている東北の藩を重ねたのです。

そして、この侍には、このような経済状況であった一九八〇年当時、会社の方針で世界に出ていった、恐らく三十代から四十代くらいの日本のサラリーマンたちを重ねています。「会社の方針で」という「会社」とは、侍にとっては「藩」です。上の方針によって有無も言わさず選ばれ、「あそこに行け」と言われたら行くしかありません。しかし、命令に従って指示されたところへ行って、次に戻ってきたときの処遇については、誰も何も言いません。もちろん現代の会社も言いません。作者は、甘い期待を抱かせて人を動かしていく日本社会というものをそこに見ているのではないでしょうか。

一人ひとりにいろいろな意味での小さな夢があります。そして、一人ひとりに小さな人生があり、そこにはともに暮らす人々、小さな家庭があります。それらすべてを置いて世界へと出ていったあの当時の男たちは、作者の同時代の人々と呼んでもいいでしょう。遠藤さんは、同じ時代を生きてきた人たち、あるいは自分よりも少し後の世代の人たちがこれからどういう人生を送るのかということをこの作品と重ね合わせて書いているのです。

日本人の宗教観と宣教

侍たち一行はノベスパニヤに行く船に乗って太平洋を横断していきますが、その船にはたくさんの日本人商人も乗っていました。その商人たちに、通訳でもある先述の神父はどのようにキリスト教を教えたのでしょうか。その船にはスペイン人の船員がたくさん乗っているので、船中でミサをささげていましたが、日本人は誰も来ません。しかしあるとき、神父は数人の商人たちがミサをのぞきに来ていることに気がつきます。そして彼は、「私の脅しを――ノベスパニヤでは切支丹《キリシタン》でなければ取引きの信用は得られぬ、と言ってやった言葉を真に受けたのだろうか」と考えます。

ここに一つの宣教の仕方があります。つまり、キリスト教を知っていれば良いことがありますよという伝え方です。この神父は、「あなたがキリスト信者ならノベスパニヤで信頼を得て、商取引がスムーズにいく」というような言い方をしたから宣教が成功していくと思っているのです。

神父は一人の商人に「ミサの深い意味《ことわり》を知りたくはありませぬか」と問いかけます。するとその商人は、「日本の商人は役に立つものならば何事も取り入れます。さればこの旅で切支丹の教えを知っても損にはなりますまい」と答え、彼らはこの神父からイエスの生涯や奇跡物語を聞くようになりました。

切支丹の話を知っても損にはならぬ。歯の黄色い男の答えは宗教にたいする日本人の心根をよく示していると思う。日本での長い生活で、私はいかに日本人が宗教のなかにさえ現世の利益を求めるかをこの眼で見てきた。つまり現世の利益をより多く獲得するために彼らの言う信心があると言ってもよいほどだった。病気や災害から逃れるため、彼らは神仏を拝む。領主たちは戦いの勝利を得たいために神社や仏閣に寄進を約束する、坊主《ぼうず》たちもそれをよく心得ていて、薬よりもっと効きめのある薬師如来《やくしにょらい》という悪魔の像を信者たちに拝ませているが、この如来ほど日本人に崇《あが》められている仏像はないのだ。そして病気や災害から逃れるためだけではない。日本人の宗教には富をふやし財産を守ってくれると称する邪宗も多く、それにはあまたの信者が集まってくる〈112〉。

作者は、日本人はこのような宗教観を持っているとその神父に言わせています。しかしこの描写については、「日本人をそういうふうに見るけれど、そういう日本人ばかりではないだろう」など、多くの批判が出ています。この作品は学術論文でなく小説なので、このように強調して書かれていますが、実際に日本社会に生きている私たちはどのように考えればいいのでしょう。大切な問題であり、いろいろと大変な思いをして決めた制度であったとしても、利益のためならすぐに変える。こういうことは日本人は結構得意なのです。そういう意味で「変わり身が早い」と言えるかもしれません。一方、そういうところでぐずぐずしていて、知らない間に日本より経済状態が悪くなってしまったのがヨーロッパでした。理論好きで哲学や理屈が先に立つので、一度決めたことはなかなか変えられません。

これは、遠藤さんの地平で言うならば、日本は「沼地」ということになっていきます。『沈黙』という小説に、神父がこの日本という「沼地に基督教という苗を植えてしまった」と言うところが出てきます。これをもっとわかりやすく言い換えると、「日本という国は非常に功利主義的で、役に立つものであれば何でも採り入れていく」ということです。キリスト教にしても、役に立つところだけを採り入れていきます。恐らく、キリスト教文化圏が作り上げた学校制度や大学、そして病院のようなものを有益なものとして採り入れていくのは、とても上手だったろうと思います。

宗教に現世の利益だけを求める日本人。彼らを見るたびに私はあの国には基督教の言うような永遠とか魂の救いとかを求める本当の宗教は生れないと考えてきた。彼らの信心と我々基督教徒が信仰と呼ぶものとの間にはあまりにも大きな隔たりがある。だが私は毒をもって毒を制するという方法を使わねばならぬ。宗教に現世の利益を求めるのが日本人ならば、その日本人の現世の欲望をどのように神の教えに導くかのほうが大切なのだ。ペテロ会はその点、一時はうまくやった。ペテロ会は領主たちに鉄砲のような新しい武器や南方のさまざまな珍奇な品々を見せ、それを与える代りに布教の許しを得た。

だがその後、彼らは日本人を怒らせるような行為もやりすぎたのだ。日本人たちの信心している寺や神社を破壊し、戦いあっている領主の弱味につけこみ、自分たちの特権を確保するために小さな植民地を作ったりしたのである〈112―113〉。

ここで少し、宣教方法の軌道修正が必要なのだということは認めていますが、日本人に対する考え方はそのままです。これが当時の宣教の姿だったのではないかと思います。当時というのは今から約四百年以上も前ですが、過去の話とばかりは言えないことは、恐らく皆さまも気がついておられるのではないでしょうか。

日本人元修道士との出会い

一行がノベスパニヤに着くと、一人の日本人がすでにここに来ていることを耳にします。そこを少しご紹介しましょう。

その日本人というのは、九州・肥前に育った人でした。幼い時に父母が戦《いくさ》で亡くなり、この地方を布教していた神父に拾われて召し使いになります。その後、切支丹が迫害されるようになると宣教師たちは日本に潜伏することを決心しますが、その少年はマニラに送られました。少年はそこの神学校に入り、やがて修道士になりますが、次第に彼は、聖職者たちに嫌気がさしてきます。そして、そのころ知り合った水夫に誘われてノベスパニヤに向かう船に乗り、長い苦難の旅の末にここにたどり着いて修道院で雑役係をしていました。しかし、ここでも神父たちになじめず、この地の先住民であるインディオの群れに逃げこんだということです。インディオたちは、ヨーロッパ人によって土地を奪われ、故郷を追われ、むごたらしく殺され、また生き残った者たちは売られていくという悲惨な状況に追いやられていました。しかし、それを前にした神父たちは、素知らぬ顔をして神の愛を説いており、それにほとほと嫌気がさしたのです。

侍は彼に、それゆえキリスト教を棄てたのかと問いますが、彼はそれを否定し、神父たちがどうであろうが、彼は「私のイエス」を信じているると答えるのです。

ここで彼に言わせている「私は私のイエスを信じております」、これこそが遠藤さんがいつも言いたいことです。イエスはこういう形で私に触れてきます。どこかを植民地にしたり、特別な人から許可をもらってその一角を全部切支丹に改宗させたりするというのでなく、「私のイエス」と出会うことが大事なのです。そして、それを受け入れたのがこの日本人元修道士でした。

彼は続けて言います。「そのイエスはあの金殿玉楼のような教会におられるのではなく、このみじめなインディオのなかに生きておられる」。これが最初にお話しした「キリストのからだ」ということです。この元修道士は、一人ひとりの人間を通してイエスは生きておられるということを別のことばで言っているわけです。

侍が触れたキリスト

侍たちは、このお勤めが成功しなければ藩に大変な迷惑をかけてしまうとの思いから、神父たちの勧めに従って洗礼を受けました。そしてローマまで行って、教皇パウルス五世に謁見したのですが、日本との貿易をする許可を国王もローマ教皇も出しません。なぜなら、日本国中でキリスト教は禁止されているという情報が修道会によってすでにローマに伝わっていたからです。こうして彼らは、実りのないまま日本へと帰ります。

向こうにいる間、そのような日本の状況を彼らに教えてくれる人は誰もいませんでした。何も知らないまま、彼らは洗礼を受け、いろいろな交渉に当たっていったのです。ここに遠藤さんは一九八〇年当時の日本人サラリーマン、すなわち外国へ行き、現地で懸命に働いている多くの男たちの姿を重ねています。

日本への帰路は行きと同じルートなので、侍は再び日本人元修道士に会うことができました。最初の出会いのとき、元修道士は自分が書いた「主の物語」という小さな書き物を侍にあげています。しかし、そのときの侍にとってそれは何の価値もない、ただ紙の束だと思っていました。

日本に帰ってきてみると、禁教令が敷かれ、藩は侍たちが帰ってくることすら迷惑だと思っているようでした。切支丹が領地にいるというだけでもお家が取りつぶされる可能性があるからです。そのようなところに帰ってきてしまった侍たちは、人目につかないよう軟禁状態に置かれました。

そういうときに、あの元修道士からもらった書き物が出てきます。それを読んだ侍は、元修道士が求めた「私のイエス」の意味を次第に理解するようになります。遠藤さんは、宣教する側が準備したり、たくらんだこととはずいぶん違ったところで、この侍がキリストに触れていくということを言おうとしているのではないかと思うのです。つまり、海外での商売を成功させるためにキリスト教を受け入れることとは少し違うところに、「私のイエス」という方がおられる。だから、イエスとは、一人ひとりの人生で、ともに歩んでいこうとする方なのだということをはっきりさせようとしているのではないでしょうか。

アメリカインディアンの手紙

宣教を「イエスに触れる」、あるいは「イエスが触れる」ということと離して考えると、それは恐らく全部うまくいかなかったと思います。

そこで、少し本筋から離れて、ドミニコ会の押田成人《おしだしげと》神父さま（一九二二－二〇〇三）が翻訳された「赤い人の手紙――一八五四年、アメリカインディアン・シャトル酋長のアメリカ大統領への手紙」というものを読みたいと思いました。これが書かれた一八五四年は、日本では明治維新（一八六八年）の少し前のころです。先ほどお話ししたように、『侍』という小説にはメキシコのインディオ（インディアン）が出てまいります。インディアンというのはただヨーロッパの白人に蹂躙《じゅうりん》されなければならないような、力も知恵もない人々だったのでしょうか。そうではないということをもう少し考えなければなりません。

なお、現在では「ネイティブアメリカン」という表現も使われることもありますが、ここでは言及する書籍での表現に合わせて、「インディアン」ということばを使います。

日本では昭和三十（一九五五）年ごろから、テレビが家庭に少しずつ入ってきました。そのころ、みんながテレビで夢中になったのはプロレス、プロ野球、そしてアメリカの番組でした。日本の放送局は多くのアメリカの番組を放送し、それを通してアメリカ文化を日本の家庭のなかに送りこんでいくという役割を担ったのです。その一つがアメリカのホームドラマでした。大きな冷蔵庫にはアイスクリームなどがいっぱい詰まっていて、それを見ている人々は「ああいう生活がいつかできたらいいね」と思ったのです。当時の一般の家庭には、まだ冷蔵庫もアイスクリームもない時代でした。テレビのなかには別世界があり、「私たちもいつかそこの一員になろう」と、消費社会を形成していく動機づけになりました。

そしてもう一つ、アメリカから入ってきたのが西部劇でした。そこには正義の味方である保安官が登場しますが、保安官は必ず白人であり、悪いことをするのはいつもインディアンでした。みんなが悪人であるインディアンを怖がっているところに、正義の味方である白人の保安官が現れ、助けてくれるというような筋書きだったのです。そういう形で私たちは人を見る目を作り上げてきたということは、なきにしもあらずでしょう。

インディアンにとっての土地

それでは、この手紙を読んでみましょう。インディアンの酋長のもとにワシントンにいる大統領から、彼らの土地を売ってくれと言ってきたことが前提にあります。

ワシントンの大統領のお便りによれば、我々の土地を買い上げたい、とのこと。友情と好意のお言葉も添えてあります。あなた方の申し出を考えさせていただきます。我々が売らなければ、白い人は銃を持って私どもの土地を取り上げにくるかも知れませんから。

彼は、大統領からの申し出を「自由に考える」とは言っていません。彼らは、考えなければ殺されてしまうという状況にいるのです。ほかのインディアンの土地で、そのようなことがすでに起こっているということを知っているのです。

この申し出の考え方は我々にとって不慣れなものです。大気の新鮮さや水の輝きもこの地域のどの部分も聖なるものです。輝く松葉、砂浜、奥深い森の霧、すべての切り透かし、そしてハミングする虫たち、皆、この民の思いの中で、また体験の中で聖なるものなのです。木々をめぐる樹液は、赤い人の思いを運んでいます。

だからワシントンの大統領様の、我々の土地を買いたい、という申し出は、我々にとってあまりに大きな要求です。

大統領たちは、縦何キロ、横何キロ、トータルで何平方キロとなるその土地を買いたいと言っています。通常、私たちは土地というものをそのように見ています。そして、それと同等の土地をくれると言われて、もしそっちのほうが駅に近ければ、私たちは「得をした」と思います。しかしそこには、例えば、あなたが生まれたとき、お母さんが記念に植えてくれた桃の木があるとか、弟が生まれたときには梅の木を植えてくれたという思いは含まれていません。この土地が一坪いくらだとは言いますが、そのようなことは念頭にはないのです。インディアンの酋長はそのことについて話しています。ですから、ここで土地を買いたいということは、インディアンにとってはとても大きな要求だと言っています。

土地がいのちに変わる

彼は次にこう書いています。

水のささやきは私たちの声です。川は我々の兄弟であり、我々の渇きをいやしてくれます。川は我々のカヌーを運び、我々の子供たちを養います。もし我々のこの土地をあなた方に譲るとするなら、その時あなた方は、川とは我々の、そしてあなた方の兄弟であり、どの兄弟にも示すその親切を川にも示さねばならぬということを、必ず思い出して下さい（略）。白い人の死者は、生まれ故郷を忘れます。我々の死者は決してこの美しい大地を忘れることがありません。

ここでは白人、そしてキリスト教徒の死生観について語っています。キリスト教的な考えでは、死をもって悩み苦しみがたくさんあるこの地上から旅立ち、神さまの腕に抱きとめられて、その苦しみから解放され、二度と嫌なことの多いこの地上には戻らなくてすむとされます。しかし彼は、「それは本当ですか」と問いかけています。それは、この地上を造った神さまに対しての愛なのかとここで問うているのです。

香り高き花は我々の姉妹であり、鹿や馬や大きな鷲は我々の兄弟です。岩場の山頂、野原の露、ポニーの温かい体、そして人間、皆、一つ同じ家族に属しています。

この考え方からすると宇宙全体が神さまの家です。ですから、馬や鹿も皆、家族なのです。創世記が言おうとしていることも、まさに同じです。神さまが宇宙のすべてのものをお造りになって、その家で最後に造ってもらったのが人間なのだよと、創世記は第一章の最初のところで教えています。

今まで、赤き人々は、白人の侵略の前にいつも退いて来ました。ちょうど、山の霧が朝日の前から逃げるように。しかし、我々の先祖の遺骨は聖なるものであり、その墓地も、その丘も、その木々も、その土地も、我々にとって聖別されたものなのです。

亡くなっていった先祖たちが今、遺骨となってこの大地に埋められている。大地はその人たちの骨によってできているということです。考えてみれば、この日本の国土というものは私たちが生まれてくるずっと前にここで暮らしてきた、私たちに先立つ人のいわば墓場であり、その上に私たちが今いると言えます。つまり、私たちは大変聖なるところで生きているのではないかと思うのです。そういう意味で、この大地は聖別されたものなのです。

白い人は、我々の生き方を理解しない。彼にとって一つの区画の土地は、次のもう一つの区画の土地と同じものです。土は彼の兄弟ではなく、敵なのです。そして征服が終わると次へと移ってゆくのです。

しかし、白人たちはそういう生き方を理解しません。彼らは、金が出れば出なくなるまで掘り尽くし、鉛が出ればそれも掘り尽くす。そして今度は石油だと、この大地に管を突き刺して石油をくみ上げます。そして最後に、何も出てこなくなったらすぐにそこは捨て去って、次のところに行くと言うのです。

奪い尽くされ砂漠となる

これは自然の世界のことで言いましたが、グローバル経済の世界で今起きていることを考えてみましょう。日本もアメリカも、また中国も一つの生産拠点であると同時に消費地でもあります。ですから、そこに資本がやってきて消費活動を喚起させるのですが、もうそこに購買力がなくなったと思えば、あっけなく他のところへ行ってしまいます。

今、世界の大市場はアフリカだとされ、すべての日本の商社は今やアフリカにいちばん優秀な人を派遣しています。このような海外資本は人道援助のためにアフリカに行くわけではありません。彼らはそこから何かを得るために行き、資源を採ってアフリカを生産地にするだけではなく、消費地にもしてしまいます。そこが消費地に変えられたときに何が起こるのでしょうか。今まさに、その変化が進行しているところでしょう。そしてこの先、どこからも利益が得られなくなったと判断されれば、彼らは撤退していきます。現代では土地だけでなく、一つの文化や国のありさま、また一人ひとりの人間さえ、そこからどれだけのものが絞り取れるかという視点で判断されているのです。

もっと具体的に話せば、今の日本では高齢者の方々がいちばんお金を持っているので、みんなはそこから絞り取ろうとしています。若い人に投資信託を買ってくださいなんて言いませんし、若い人で「オレオレ詐欺」にひっかかる人はいません。ここにいらっしゃるような年配の方々がターゲットなのです。もう何も出てこなくなるというところまで絞り取ろうと、あの手この手で牙を向けてきています。恐ろしくなるような話ですが、ここで話していることはそういう意味なのです。

彼〔白い人〕は母なる大地や兄弟なる空を、買い取ったり分捕ったりする物のように、扱います。彼の欲望は大地からすべてを収奪し、あとにはただ砂漠を残すだけでしょう。

白人たちは、子どもたちが自然豊かなところで生きていくことが不可能になってしまうようなことを平気でやっていると言います。例えば、かつてアフリカは非常に森林が豊かに広がる土地でした。それがどんどん木々が伐採されていって、今では砂漠化が進んでいます。

そしてもう一つ象徴的なことに、人の心も砂漠になってしまっていると言えるでしょう。昨今は先ほど触れた「オレオレ詐欺」などの事件が横行しています。あんなことは十数年前には考えられないことでしたが、今では「やった者勝ち、やらねば損」というような感じで行われています。これこそ心の砂漠です。一八五四年に彼はこのように言っています。

私にはわかりません。我々の生き方はあなた方の生き方とは違うのです。（略）白い人の都会には静寂な場所が一つもありません。

春、木の葉のひろがる音を聞き、虫の羽音に耳傾ける場所などありません。多分、私が野蛮人で、分からないからでしょう。（略）白い人は自分の吸う大気に気づいていないように思われます。長い間死んでいる人のように、彼は悪臭の気に無感覚です。しかしもし我々が我々の土地を売るようになる場合も、あなた方は、大気が実にかけがえのないものであること、大気はそれが支えているすべての生きものと、大気の霊を分かち合っているのだということを決して忘れないで下さい。

彼は自分が「野蛮人」だと言っています。実際、当時のアメリカの文化において、インディアンたちはそのように見なされていたでしょう。また、「土地」と言うときに、その土地に付随するものすべてを一体として見るというセンスを、現代に生きる私たちも失ってしまっているかもしれません。

特に東アジアにおいて、大気汚染は今大変な問題になっています。私たちはこれまで、何でもかんでも大気中にまき散らしてきて、もはや深刻な状況になっているということが、ようやくわかったのですが、今から百五十年以上前にすでに理解していた人がいました。空気に有害物質が含まれるようになったら大変なことになります。自然も土地も同じです。かけがえのないものの代表が土であり、土地、そして人間です。それらは創り出せないものだということです。

私は牧草地で、千頭もの腐敗している野牛を見ました。通りすがりの列車から、白人たちが射殺した野牛たちです。（略）動物なしに人間とは何なのでしょう？　動物たちに起こることは、間もなく人間たちにも起こるのです。すべての存在は結び合っています。

当時、白人たちは列車からライフルでおびただしい数の野牛を殺しましたが、この手紙が書かれてから百年たたないうちに、人類は「アウシュヴィッツ」を経験しました。そして日本だけでも、先の大戦で約三百万の人々が犠牲となったのです。まだこのときは、そういうことが起きるとは夢にも思わなかったでしょうが、ここでインディアンの酋長は動物に対してすることは、人間に対しても必ずし始めると予見しているのです。

かつて起きたことは今も起こる

それまでの自分たちの生活を白人に奪われたインディアンのなかには、無力感から現実逃避をする人たちも出てきます。

どこで残りの人生を送るかは大した関心事ではありません。我々の子供たちは、彼らの父たちが敗北の中で卑下するのを見てきました。我々の戦士は恥を感じ、敗北の後、怠惰のうちに日を過ごし、その体は甘味な食べ物と強い飲み物に汚染されました。

インディアンの子どもたちは、父親たちが自分たちの土地から追い出されたり、見下されたり、軽蔑されたりするのを見てきていると言います。父親たちは土地を追い出され、代わりに用意された場所で、より快適な住宅が与えられたとしても、自分たちの誇りある土地を取られたという屈辱感に見舞われ、彼らは生きていく力を失ってしまいました。それを紛らわせるために甘いものを大量に摂取したり、強いお酒を飲むようになりました。

自分が人間として大切にされていないと感じているとき、人は強い刺激を求めることがあります。例えば不安定な雇用状態に置かれているなど、非常に劣悪な環境にある人たちのなかには、現状を忘れるために過食をしたり、強いアルコールやドラッグなどに手を出したりします。またギャンブルやセックス依存症に陥る人もいます。今の自分自身や今の状況を認めたくないので逃避をしてしまうのですが、そういうことに逃げてしまった自分に対して、さらに卑下する感情を持ってしまうという悪循環が起きてしまいます。かつてのインディアンに起きたことは、今の私たちにも起こっていることなのです。

何故私は、我が民の過ぎ去りゆくのを嘆くのでしょうか？　民族は人々から成り立っています。それ以上のことではありません。人間は寄せては返す波のようなものです。友が友にするように、その神が共に歩き共に語る白人でさえ、共通の運命から免れるわけにはゆきません。結局、私たちは兄弟たちかもしれません。あとでわかるでしょう。

今、インディアンが嘆いていることは、あなたたちにも必ず起こりますよと言っています。しかし、これはインディアンが仕返しするからではありません。インディアンには仕返しする力はなくなり、彼らは消えていきます。しかし、白人たちは自分たちの文化を進化させることによって、インディアンが経験したことを自らの同胞にさせることになるでしょうと、今から百五十年前に見抜いているのです。

人間の神

そして、次の一文は遠藤さんが『侍』という作品で描こうとした神について言及していると思います。

ただ一つのことを我々は知っています。白い人はいつの日か発見するかもしれません。それは、我々のそれぞれの神は同じ神だ、ということです。彼は人間の神です。そして彼の憐れみは赤い人に対しても白い人に対しても平等です。この大地は神にとってかけがえのないものです。この大地を害することは、その創造者への軽蔑を積み重ねることです。白人もまた亡んでゆくでしょう。

これこそ遠藤さんが言いたかったことです。なぜ遠藤さんはあのインディオとともに生きている元修道士の姿が「神」であると著したのか。それが後の小説『深い河』（一九九三年）につながっていくテーマになったのです。イエス・キリストは人間の姿で現れ、人間のいのちを十字架の上で捨てました。人間として現れ、人間として生き、人間として十字架上でいのちをささげたイエス。ですから彼は、白人だけの神ではなく、人間の神なのです。

野牛たちが全部殺戮《さつりく》されたのも、野生の馬が飼いならされたのも、森のひそかな籠もり場に多くの人間の臭いが重くたちこめるようになったのも、そして、らん熟した丘々が、おしゃべりのための多くの電線で汚されたのも、我々には理解できない、からです。

人間たちが野原の露やポニーの温かいからだと、家族としての親和感を失っていったとき、何が始まったのでしょうか。大自然から離れ、独立し、大自然から自由な存在としてそれと対峙できたと思ったとき、いったい何が始まったのでしょうか。もしかして生きることをおしまいにして、生き残ることを始めてしまったのではないでしょうか。

交易関係を結ぶためにあの支倉常長をメキシコに派遣し、利権を獲得するためにヨーロッパにまで赴かせた執拗な力は、実は生きることの終わりと生き残ることの始まりを引き寄せたのではないでしょうか。

ついこの間まで、私たちは生きていたのです。今、私たちは生き残ること、生き延びることしか考えていないのではないでしょうか。今、この国の少子高齢化を何とかするために、どうやって子どもを産ませるのかと、政府は対策を立てています。保育園を増やして親に手当を与えれば、女性は子どもを産むのではないか。お金をこれくらい出せば保育園が運営できて、そうすれば出生率が上がるのではないかなど。バカにしていると思いませんか。そういうものではないのです。今、私たちが考えることや、政府が考えることはすべて生き残ることです。人間は生きるためにではなく、生きるために造られたのであり、生き残るためではありません。ですから、生きることが終わっていったときにやってくるのは生き残ることだという意味のことを言っています。

ただ一つのことを我々は知っています。それは、我々の神は同じ神だということを。大地は神にとってかけがえのないものだということを。白人でさえ、共通の運命から除外されてはおりません。とどのつまり、我々は兄弟でありうるのです。今にわかるでしょう。

今から百五十年前、インディアンの酋長はこう書きました。こういうことが視座に入っていて構成された小説がこの『侍』であると、私は思っています。つまり、神をそういった広がりで見ていこうとするのが遠藤さんです。

そして、ここで「預言者・遠藤周作」が現れます。彼は神の心を人々に伝えようと、一九八〇年代の人々に対してのメッセージを出しました。もう一つは、「予言者・遠藤周作」です。一九九七年がバブル崩壊後の不景気の底で、そのとき日本の銀行や証券会社に構造変化が起こりました。大手銀行が三つのメガバンクに統合され、証券会社の廃業も進みました。バブルを作り、支えていった男たちの多くがリストラ、すなわちこの『侍』の主人公と同じように捨てられてしまいました。一九八〇年に遠藤さんはこの小説で、捨てられていく「侍」を書いているのですが、これはそれから十七年後の人々の姿を予言している遠藤周作の、ある意味での神秘家の部分です。それがこの小説のなかに出てきているのだと思います。

2　イエスの心に触れる

ここからは小説『侍』を通して、イエスの心に触れてみたいと思っています。そのために前章で紹介した元修道士のことをもう少し詳しく見ておきましょう。

一匹のはぐれた羊として

先述のように、肥前の生まれの彼はマニラを経て、ノベスパニヤ（メキシコ）に渡り、修道院で暮らしていました。しかし、神父たちになじめず、すべてに幻滅したあげく修道院を出て、インディオの群れに逃げこみます。そして今はこのインディオたちとともに暮らしています。

これは遠藤文学のあちこちに出てくるテーマの描き方です。一九九三年に発表された

『深い河』という小説にも、教会から離れていった神父の姿が描かれています。フランスで勉強したその神父は、当時の神学や教会のあり方に疑問を感じて、インドのガンジス河で死体を焼く手伝いという仕事に入っていきました。彼は決して神父を辞めたわけではなく、神父の身分のままで自分の信仰を生きているというような設定がなされます。ここでもまた、福音的に言うと、群れから離れていった一匹の羊の姿が描かれています。遠藤周作という人はこういうところに共感を覚えて、福音を表していこうとするのです。日本からずっと離れたところでたった一人の日本人として暮らし、ヒンズー教徒の死体を火葬して河に流すという役割を担っていった一人の神父、そしてここに登場するインディオの群れのなかで暮らしている元修道士を、一匹のはぐれていった羊として描きます。

実はその群れから離れていった一匹の羊には、ルカ福音記者が書いているようにイエス・キリストの姿が重ねられています。遠藤さんは、群れから離れていったこの一人の男にイエス・キリストと同じ香りを与え、この小説全体で見るなら、結果的にこの侍の姿と重なってくるという構成をとろうとします。

では、なぜ侍の心が変化していくのでしょうか。元修道士と出会った時点では、変化していません。この侍は上から一方的に選ばれて船に乗り、大きな計画の立役者にさせられていくのですが、彼自身はそのことを心躍る思いで行っているわけではありません。はるばる海を渡ってノベスパニヤまでやってきましたが、達成感があるわけでもないし、そこで絢爛《けんらん》豪華な教会堂を見たところで、それによって彼の心が変わったわけでもありません。しかし、侍という一人の人間が変わっていくということをはっきり示すためには、インディオとともに生きているこの日本人との出会いがどうしても必要になってきます。この日本人が究極的にはイエスの姿に重なり、だからこそこの侍の心を変え、侍もまた群れから離れた存在へとなっていきます。そのようないくつかのことが重なり合って起こるのですが、それが今、ここから始まっているのです。

語れないその先にあるもの

侍が、元修道士に日本の故郷には帰る気はないのかと尋ねると、彼は寂しそうに笑って、「戻っても、迎えてくれる者もありませぬ。それに切支丹《キリシタン》は……」と言いかけてやめます。切支丹は迫害され、もう日本で生きることはできないということを言おうとしているのですが、そこはことばにしていません。

侍は、そんな日本の事情を知らないので、「切支丹は棄《す》てたのであろう」と聞きます。

侍からすれば、この人はマニラでも、ここノベスパニヤでも神父たちに嫌気がさして飛び出してきたのだから、キリスト教を棄てたのだろうとしかとれないのです。しかし元修道士は答えます。「いえ、いえ。やはり切支丹でございます。ただ……」と言って口をつぐみました。「そして自分の気持をどう語ってもわかってもらえぬという諦《あきら》めがその眼にうかんだ」とあります。

このときの侍には、その思いは理解することができませんし、元修道士のほうもわかってもらえないと感じているのです。元修道士の思いは、信仰のない侍にはわかりません。いや、もしかしたら信仰があってもわからないかもしれません。そこのところは微妙なところです。

もう、ずっと長く教会には行っていないという方が、「それならあなたはカトリックを棄てたのですね」と問われたとき、その方はこの元修道士の立場に立つのです。私が神父の立場で聞いたとしても、恐らくその方はその先は語れないでしょう。それくらい信仰というものは深いものではないかと思います。「教会には行っていない、ある意味で教会には幻滅した。だけれども……」というその先があるのです。遠藤さんはそこを書こうとします。そこがわからないと、本当に神に触れられないし、神の現れであるイエスを理解したとは言えないのだということが、遠藤さんが言わんとするところなのだと思います。

歴史の傷

この元修道士は、インディオたちがスペイン人によって土地を奪われ、むごたらしく殺され、生き残った者たちは売られたという過去の悲惨な出来事を語ります。これは他国がある土地を占領し、そこを植民地化していったということで、当時このようなことは中南米だけではなく、アジア、アフリカ、北米など世界各地で起こったことでした。ですから、それを経験しなかった日本は本当に稀有《けう》な国だと言えます。ヨーロッパ以外で植民地にならなかった地域はわずかで、東アジアを見れば日本とタイだけです。それ以外の国はすべて植民地としての歩みをたどってきています。

第二次世界大戦後、それらの植民地は解放されていきましたが、かつての「歴史の傷」とも言えるような影響は今でもいろいろな形で、そこに暮らす人々の肩にのしかかっていると思います。例えば、経済的な格差です。もちろんヨーロッパのなかでも、ギリシャ・イタリアなどの南の国々とドイツとの間で格差はありますが、それ以上に大きな格差が、いわゆる先進国とかつて植民地になっていた国との間で今でも厳然として存在しています。

今のフランシスコ教皇の故国アルゼンチンは、この三十年で二度、経済的に破綻した国となりました。個人でいうと破産状態で、外国がお金を貸してくれることはもうないという状態に陥りました。こういうこともいろいろな意味で、そこで暮らす人たちの上に今でも重くのしかかっていると思います。ですから、私たちがとても珍しい国に暮らしているということをまず押さえておかなければなりません。

「至るところにその者たちが棄てねばならなかった村々がございます。今は誰も住まず、ただ石の家、石垣のみが残っております」と、元修道士が過去の悲惨な出来事を侍に話すと、侍はここまで旅する中でずっと石の廃墟があちこちにあったことを思い出します。人間はこれまでの経験の中で新しい出来事を受け取ろうとします。自分が今まで体験してきたことのなかから、そのときのことばがわき上がってくる。さらに言えば、そういうなかでしか新しい出来事を受け取ることができません。そこでこの侍は言いました。「だが、戦《いくさ》とはそういうものだ」

これは相手に言ったのではなく、自らつぶやいたことばです。それは侍自身の体験から口に出たものでした。かつては日当たりの良い土地が領地として与えられていたのですが、殿がその土地を別の家来に与え、自分たち一族は荒れ地に領地替えをさせられました。侍の父親は、その原因がかつてあった戦にあったと思っていました。そのようなことから侍自身も、戦があればそういう理不尽とも思えるようなことも起こるのだと考えているのです。

時代設定のポイント

私は文学を勉強している人間ではありませんが、この遠藤さんの作品を読んでいくときに大切なのは、彼が四つのポイントで時代設定をしていることだと思います。

一つ目は、支倉常長《はせくらつねなが》という実在した侍の時代で、これは江戸時代の初めです。世界にはすでに植民地としてされている国々があり、さらにそれが広がっている時代です。私たちが、今から四百年くらい前の時代小説としてこの作品を読んでいれば舞台設定が見えてきます。

二つ目として、この作品に重なっているのは、遠藤周作という人の原体験や原風景です。彼は第二次世界大戦前に生まれ、敗戦後すぐに成人するという時代に生きました。生まれは東京ですが、戦前は満州（現中国東北部）で育ちました。その後、小学生のころに日本に帰ってきます。

彼は一九五〇（昭和二十五）年に、戦後初のフランス給費留学生として渡仏します。これは余談ですが、田中希世子（一九三二－一九六）という私が日本でいちばんすごいと思うピアニストもこのときにフランスに渡っていきます。

このころは海外渡航にまだ制約がありました。日本のパスポートは発行されなかったため、パスポートを持たずにフランスに渡り、現地で東洋人がどう扱われたかを彼は体験するわけです。当時の多くの人々と同様、渡仏した彼らも、戦前の日本の教育で培われた日本国民としてのある種の自信と価値観を持っていました。しかし敗戦を体験したうえに、海外渡航をするほんのわずかな日本人として、さまざまなことを経験することになります。言わば彼らは、敗戦から五年後の世界での日本人の立ち位置というものを思い知らされた人たちでした。そこで遠藤さんが体験したことがこの作品に重なってきています。すなわち、人種差別がまだ厳然としてあった時代を経験しました。

アメリカ合衆国で人種差別を禁止する公民権法が成立したのが一九六四年ですから、遠藤さんが渡仏したのはそれよりもまだ十四年前のことでした。この法律ができる前、特に米国南部では、黒人と白人が同じバスに乗ることはありませんでした。あるいは、一台のバスで前方が白人席、後方が黒人席になっていたそうです。黒人が白人席に座ったり、黒人席に座っていても白人がたくさん乗ってきたときにその席を譲らなければ、それは犯罪とみなされたのです。これは別の国のことですが、遠藤さんがフランスに行ったころは、そういう時代であったということを押さえなければいけません。それが二つ目の世界のありようです。

三つ目に一九八〇年というこの作品が出版された時です。遠藤さんがこの小説を書き、そして同時代の人々がそれを手にしたころは、日本の経済が順調に進展していき、数年後にはバブル経済と呼ばれるような戦後の復興が頂点に達しようとする時期でした。

そしてもう一つ、四つ目の視座として、今現在の時代状況のなかでこの作品を読んでいる人、これがいつも彼の視座のなかに入るのです。遠藤さんは歴史学者として支倉常長の時代を書いているのではありません。今、これを読んでいる人たちにポイントを置いていると押さえておくことはとても重要です。当然ですが、遠藤さんはすでに亡くなっているので、今の時代についてはまったく知りません。しかし、現代という時代にまで影響を与えたり、ものの見方を提供できるところに遠藤周作という作家の才能があります。

このような意味でも、この作品はある時代を切り取った証言ではありません。これをずっと後になって手に取っても、そこにあるメッセージはそのときの「今」を語るものとして伝わってきます。ですから、そのメッセージは普遍的なのです。「普遍的」が「カトリック」ということばです。遠藤さんはこの小説もそこに立って書いています。ですからこの小説を読むときにはいつも前述の四つのポイントを重ね合わせて考えていくのです。

いつの時代にもある「戦」

「戦とはそういうものだ」と、侍が自分に言い聞かせるように言ったことは、いつの時代にも起こってくることではないでしょうか。

例えば、戦前の教育を受けた遠藤さんは、日本は大変すばらしい国だと思い、自分自身も自信を持って成長していきました。ところが、それは敗戦という形で転機が訪れます。それは、その後のフランスでの経験にもつながっていきますが、ここでも「戦」というものを重ね合わせることができます。

この作品が出た一九八〇年代には、どんどん経済が膨らんでいって、今までの仕事の形態ではやっていけないという人たちが出てきました。すなわち今度は「経済戦争」という戦が始まっていくのです。ある人が自分の真心をこめて小さなお店を経営していたとします。しかし、まわりにはどんどんスーパーマーケットができ、さらには車社会に合わせて、郊外に駐車場完備のショッピングセンターが現れてくると、それまで何とかやってきたその小さなお店をたたまなければならない状況に追いこまれます。そして「失われた二十年」とも呼ばれた時期を過ぎた今、今度は、個人商店や小さな組織だけではなく、一人ひとりが「自己責任」ということばの下で、ある人はつぶれていき、ある人は大変な成功者になっていくという時代を迎えています。人間が「戦」というものでしか成長できないとするならば、そこには何か普遍性があるだろうと、遠藤さんはこの男にそうつぶやかせるのです。

「いずれの国にても、戦に敗れた時は、そうであろう」と侍は言います。スペインの軍隊が攻めこんできて、たくさんのインディオが血を流し、生き残った者は売られていきました。その話を聞いた侍は「いずれの国にても」と言っていますが、言い直せば、「どんな時代であっても」戦に敗れたときはそうであろうということです。つまり遠藤さんは、この本が出版された一九八〇年から振り返って、自分がフランスに渡っていったとき、その前の日本の敗戦を見て重ねているとも受け取れます。

「私のイエス」との出会い

インディオへの残虐な出来事があった後に神父たちがこの国にやってきます。彼らは、武器ではなく、イエス・キリストを携えてここにやってきました。

「遅れてこの国に参ったパードレさまたちが、それら多くのインディオの苦患《くげん》を忘れ……いや、忘れているのではない。あの方たちは素知らぬ顔をされているのだ。素知らぬ顔をされてまことありげな口振りで神《デウス》の慈悲、神《デウス》の愛を説かれるのに、ほとほと嫌気がさしました。この国のパードレさまたちの唇からはいつも美しい言葉だけが出る。パードレさまたちの手はいつも泥に汚れはいたしませぬ」〈209〉

侍は、それゆえキリスト教を棄てたのかと尋ねますが、元修道士は否定します。

「パードレさまたちがどうであろうと、私は私のイエスを信じております。そのイエスはあの金殿玉楼のような教会におられるのではなく、このみじめなインディオのなかに生きておられる――そう思うておりまする」〈209〉

これが、遠藤周作が捉えた「私のイエス」であり、私たち一人ひとりも「私のイエス」に出会う必要があるということです。つまり、一人ひとりにユニークな人生があり、またあったはずです。そこで出会ってきたイエスとは、ただ公式的な教えのなかにだけいるイエスではなく、もっとあなたの人生に入りこんでいるイエスなのです。これがイエスなのだと教会が公に言ったものをそのまま受け取り、それで良しとするのではなく、私たちにはどうしても「私のイエス」が必要なのだと、遠藤さんはこの作品を通して言うのです。

侍は、長い間黙って溜《た》めていたものを一気に吐き出したこの元修道士を、まるで遠いものを見るように眺めています。なぜ遠いものなのでしょうか。簡単に言えば、侍にはわからなかったのです。それは信仰者の立場に置かれてみなければわからないことです。そして次のように侍の心を表現します。

彼は月ノ浦を出てから今日まで、毎日のように切支丹のことばかり聞かされてきた、とぼんやり考えた。このノベスパニヤに上陸してからも至るところで、教会に跪《ひざまず》く男女や蠟燭《ろうそく》の炎に照らし出された醜い痩《や》せこけた男の裸像を見せられた。生れて初めて接した広い世界はまるでその醜い男を信じるか信じないかで生きているようである。だが小さな谷戸《やと》に育った日本人の彼にはイエスという男に興味も関心も起らない。それは生涯、縁のない国の風習に過ぎなかった〈210〉。

しゃべり終わった元修道士は、侍の連れの衣服に指を触れ、何度もさすって「ああ、日本の匂《にお》いがする」と叫びました。侍はこの男が哀れに思え、彼に日本に戻らないかと問いかけます。一緒に来た商人は年の暮れに帰国することになっているので、それに加わって帰らないかと勧めたのです。しかし、元修道士は断ります。

「私は……インディオたちの参るところに参り、留まるところに留まります。あの者たちにも、病の時その汗をふき、死の折には手をとってやる私のような者が入用《いりよう》でございましょう」〈210〉

彼は自分がいたとて、大きな働きができるわけではないとわかっています。大きな開拓事業のようなことができて、一気にインディオたちを豊かにしてあげることはできない。

しかし、インディオたちが病気のときにはその額の汗を拭き、神さまのもとに旅立っていくときには手をとって祈りをともにすることはできるのではないか、そういう者として自分はここに留まると言いました。

この個所も遠藤さんの作品のなかではある種、一貫しています。先述したように、『深い河』ではガンジス河のほとりで死者を火葬し、その灰を河に流すという仕事をしている神父を描いています。その神父とインディオとともに生きる元修道士が重なり合ってくるのです。

死んだ人間は、魂のレベルで言うならもうそこにはいません。何も火葬しなくても、土のなかで朽ち果てていったとしても、あるいはそのまま河に流してもらっても、亡くなった物体としては同じことなのです。しかし、なぜ『深い河』に出てくる神父はそういう奉仕をしているのか。ヒンズー教徒にとっては、自分が亡くなった後、聖なるガンジス河のほとりで焼いてもらい、この河に遺灰を流してもらうことが最高の救いだからです。それを今、息絶えていこうとする人に保証するということをこの人はしていました。

インディオとともに暮らし、彼らが病のときに額の汗を拭き、死ぬときには手を握り締める元修道士も同じことをしようとしています。

「インディオも私も共々、故郷を失った身でございますれば」〈210〉

これは、この場面でいちばん大切なことばです。ここに日本人であるとか、インディオであるとか、またどのような文化的背景を持っているか、どのような言語で話すのかという一切を超えた、一つのつながりを見ています。「故郷喪失者」が紡ぎ始める新しいつながり。

別れのとき、元修道士は侍と連れの二人を見送ってくれました。

畠《はたけ》の境界にはこの部落の守護神のような木彫りの男の十字架像が立っていた。痩せたその男はエスパニヤ人に売られていくインディオのように辮髪《べんぱつ》で獅子鼻の顔と暗い忍耐の眼とを持っていた。その足もとには幾つかの溶けた蠟が男の泪《なみだ》のように流れていた〈212〉。

夕方になるとインディオはここに来て祈り、その悲しみをこのイエスに話し、訴えるのだと元修道士は言います。そして、木の実で作った切支丹の数珠、ロザリオとともに「主の物語」だと彼が言う、端のちぎれた小さな書きものを取り出しました。彼はラテン語の聖書を日本語に訳して、イエスがどういう方であるかということを綴ったものを自分のためか、あるいは誰かのために持っていたのでしょう。それをこの侍に渡します。このときの侍にとってみれば、これは何の価値もありませんが、後半になるととても大きな意味を持ってきます。

みことばとの出会い

元修道士と別れた侍は宿舎に戻ってきました。

侍はさきほどと同じようにこの旅が自分の運命に挑むことのような気がした〈214〉。

自分の生活の場である谷戸しか知らなかったときには、彼はそこで生きることしか思いませんでした。この旅も、ローマへ行って帰還するという大仕事を成し遂げれば、もとの豊かな領地に戻してもらえるかもしれないという一縷《いちる》の望みだけを抱いてここまで来ました。しかし、今ここで、彼は自分が変わったことに気づいたのです。

小さな谷戸、叔父、囲炉裏のそばの叔父の繰り言、御評定所の御指図。それら動かぬものとして与えられた運命に彼はメヒコを発ってから初めて逆らいたい感情が起ってきたのだった〈214〉。

ここはとても大切なところです。ここで遠藤さんは当然のこととして、元修道士の姿とイエス・キリストを重ね合わせています。すなわち神のひとり子として、この世のものではないにもかかわらず、この世のものとして、さまざまな欲が絡み合っているこの世界に身を置いた一人の人間、それがイエスです。そのイエスをあの元修道士に重ね合わせて書いていています。聖書でそこにふさわしい個所はヨハネ福音書の1章14節です。そこにある「言《ことば》」は神のひとり子であり、神のご意志がイエスという一人の人間として表現されていくということがヨハネ福音書のテーマです。

言《ことば》は世にあった。世は言によって成ったが、世は言を認めなかった（ヨハネ1・10）。

このように世はイエスを知ろうとしませんでした。イエスを知るよりも、もっと忙しいことがその当時にもたくさんあったのです。例えば、律法をきちんと守って、もっと人々から尊敬される存在になって、このユダヤ社会においてひとかどの者になっていくということを多くの人が目指していました。そのような社会のなかで、みことばに心を留める人は誰もいませんでした。これが誰にも目を留められない元修道士の姿です。

しかし、運命のいたずらと言うか、神の業《わざ》によって、みことばを知ろうとしなかった世は、この元修道士を通してみことばに出会ってしまうのです。

「お告げの祈り」では、「みことばは人となり、わたしたちのうちに住まわれた」と表されています。みことばであるイエスは人となりました。そして私たちのうちに住まわれた。これは、私たちと同じ人間になったという意味と同時にその人間たちが作っている社会に渦巻いている欲得のなかに身を置いたということです。どうすれば得することができるのか、どうすれば利益を上げられるのか、どうしたら自分が他の人を見下げるほどの人間になれるのか、さまざまなことで右往左往しているのが人間の世界です。その私たちのうちに住まわれたのです。

パウロも祈り、黙想して、自分に働きかけてくれるイエスに出会います。そしてローマの教会へ手紙を書きます。当時のローマの教会とは、あの元修道士が出会ったマニラの教会であり、あるいは、逃れていったノベスパニヤで接した神父たちの姿です。パウロは次のように書きました。

喜ぶ人と共に喜び、泣く人と共に泣きなさい。互いに思いを一つにし、高ぶらず、身分の低い人々と交わりなさい。自分を賢い者とうぬぼれてはなりません（ローマ12・15－16）。

つまり、パウロが生きていた時代のローマの教会にもこれがなかったということです。元修道士が見たマニラやノベスパニヤの教会、また侍が出会った教会にもありませんでした。そして、遠藤さんが一九五〇年に出かけていったフランスの教会にもなかったし、一九八〇年の日本の教会にもなかった。だから、この小説のなかに書いているのです。「喜ぶ人と共に喜び……」というパウロのことばは当たり前のこと、すばらしいものとして耳に入ってきます。まさに元修道士が言ったように、神父たちが口にすることはみんな美しいことばばかりです。しかし、それを生きるためには神の大きな恵みがないとできません。

自分でできると思っている人は、まずできません。「やろうと思ったけれど、どうしてもできない」、そういうどん詰まりまで来てしまったときに神が働いてくださいます。そういうところまで追いこまれたからこそ、この元修道士は「病の人がいればその人の額の汗を拭き、きょう旅立つ人がいれば、その人の手を握るため、私はここに残ります」と言えたのです。

たとえ同じ人間であっても、状況が変われば、その人がどうなっていくのかはわかりません。仮にこの作品が描いた時代に、日本でキリスト教への迫害が起きず、キリスト教国になっていたらどうでしょう。もしかしたらこの元修道士だって、彼が幻滅した神父たちと同じような神父として、日本で暮らしていたかもしれません。今ある当たり前とは、神の奇跡なのだというところから、私たちはきょう祈り始めてみましょう。

3　日本人とキリスト教

作者が描いた日本の独自性

この作品で一つのテーマになってくるのが、日本人とキリスト教です。例えば、一行がエスパニヤ（スペイン）に着いて、マドリッドでの会議が行われている場面があります。そのやり取りのなかで日本人の特性と言うか、キリスト教と対峙《たいじ》したときの日本人の態度が描かれています。

ここにはペテロ会という修道会の司祭であるヴァレンテ神父とポーロ会と名づけられた修道会の司祭であるベラスコがいます。ベラスコは日本からの一行と一緒に旅をしてきた神父であり、ヴァレンテ神父はかつて日本で宣教していて、今はエスパニヤにいるという設定になっています。その会議での議長格の司教のことばを読んでみましょう。

「十五年前、法王クレメンテ八世が勅書『オネローサ・パストラリス』を公布され、それまでペテロ会のみに許されていた東洋の日本《ハポン》の布教を他の修道会にも許可された。ポーロ会はただちに十一名の宣教師を日本に送ったが、このベラスコ神父もその一人である。彼は一五四九年にフランシスコ・ザビエルが渡日して以来の日本での布教の衰退をペテロ会の失敗と考え、その改善を望み、希望は充分にあるとのべている。一方、ペテロ会は日本における権力者の急速な交代が布教を困難ならしめたと述べ、それは布教方法の欠陥によるものではなく、別の面によるものだと訴えている。それ故《ゆえ》、この両者から詳しく事情を聞くことにしたい」〈280-281〉

そして、両修道会が互いにそれぞれの見解を述べ合います。ここで遠藤さんはいろいろな資料にあたりながら、日本人がキリスト教と向き合ったときにどのような態度をとったかということを紹介してくれています。

私たちはそれぞれ、それらを読み進んでいくわけですが、「では、今はどうなっているのだろうか」ということも同時に考える必要があると思います。つまり、これまでもお話ししてきたように、この作品は単なる歴史小説ではありません。歴史をテーマにしながら今日の日本について、または今日だけではなくいかなる時代についても、そしてそのなかで人がどのように行動していくかについても書かれているのです。

皆さますでにおわかりだと思いますが、ここでペテロ会と名づけられているのはイエズス会、そしてポーロ会というのはその後に日本にやってきたフランシスコ会が想定されています。ここに書かれていることは歴史上の事実ではないかもしれません。小説になっているので脚色されたり、何かが割愛されている可能性はありますが、言わんとしていることは何なのかを見ていくことが大切です。

ここでベラスコ神父が、「ペテロ会の過ちは、日本を他の国々と同じように考えたことにあります」と指摘しています。当時は、それぞれの国が先にある所に乗りこんでいき、その後、布教の名のもとにキリスト教を伝えようとして修道会がやってきます。彼らは日本だけではなく、他の国にも行っているのですが、そのなかで日本という国を他の国々と同じように考えたというところに過ちがあるのではないか、ベラスコはそう言い出します。

「だがあの日本は我々の祖先が征服した他の国々とは違っております。それは太平洋という大きな海によって保護され、基督教《キリストきょう》を知らぬにもかかわらずみごとな秩序を保ち、強力な軍隊によって武装されているからです。怠惰な人種とは異なり、日本人は利口で狡猾《こうかつ》であり、自尊心がつよく、自分や自分の国が侮辱されれば蜂《はち》のように一致して反撃してきます。そのような国では、その国に適した布教の方法をとらねばなりますまい。彼らを侮辱してはなりませぬ。彼らを怒らせてはなりませぬ。だがペテロ会はそれに反した行動をとってきました」〈282〉

このなかでいくつかのことが言われています。まず、アジア地域における日本の独自性を文学者としてよく描き出しています。すなわち、日本という国は豊臣秀吉の時代にすでに非常にしっかりとした秩序を持っていたということです。全国は諸侯によって治められていましたが、全体をまとめる人がいました。この物語の時代設定では徳川家康が天下を治めていました。さらに言われていることは、秩序だけでなく、強力な軍隊によって武装されているということです。どこか他の国がやってきて、日本のなかで自由に振る舞えるというような状態ではありませんでした。スペインやポルトガルといった国々はそういうところにやってきて、まず九州の大名との間で、政治的ないろいろな取引を行っていったのです。

この『侍』という小説が出た一九八〇年の十五年前に第二バチカン公会議が終わります。この公会議の結果、各地域の独自性に従い、例えばミサも現地の言語でささげるようにという方針が出されるなど、それまでの教会のあり方からの大転換が行われました。遠藤さんはそれらを念頭に、ここでベラスコの口を通してその国に適した布教、つまり宣教の仕方があるのだということを言わせているのだと思います。

日本人の強みと弱み

ベラスコは続けてペテロ会について語ります。
「たとえばペテロ会はナガサキという港に無用な領地を持ちました。彼らにとっては布教のための財源ではありましたが、これは異端の日本人には不安と疑惑を与えたようです」〈283〉
当時の長崎というのは小さな、さびれた漁港のようなところだったようです。ペテロ会はそこに港を築いて自分たちの領地を獲得します。そこでは貿易やその他いろいろな産業を興し、それらを通して日本国内で布教していくための財源を獲得していくのです。

ここで考えなければいけないことは、ある修道会がどこかよその地域に行ったなら、そこでの生活が成り立つようお金を工面しなければいけないということです。今だったらお金を送ればいいということになりますが、現代のような為替や郵便の制度がないこの時代ではお金を送ることは不可能です。つまり、行った先でお金を調達するという方法しかないため、ペテロ会は長崎という港を獲得してそこに領地を持ったのです。その領地を獲得するには、大名たちに「すばらしい宗教を伝えますから領地をください」と言っても無理です。何か大名にとって得になることをしなければならず、取引のなかでこれが行われることになります。

しかし日本人はどんな時代にも、異民族が植民地を持つことに対して非常に神経質であり、国内に植民地を作ることは許さないというパワーを持っています。このパワーは宣教師がやってきたとき、キリスト教を迫害するとき、また鎖国という政策をとるときにも働きます。幕末に開国しなければいけない状況に追いこまれたときにも同じですし、その後の近代化の過程でも常にこのことに注意をしてきたのです。

ベラスコは、ペテロ会士のなかには熱心さのあまりに日本人の多くが信仰する仏像を焼いた者がいたと伝えます。ノベスパニヤ（メキシコ）でインディオの祭壇を焼いても布教の妨げにはならなかったけれども、日本では事情が違う。事実、日本の権力者がこのことを知り、それまでの寛大な態度から迫害へと転換し、宣教が難しくなったと訴えます。

「しかし……日本の布教にはまだ希望があります。……現状は好ましからざる状態にあることは確かですが、それを改善することができる、そう私は考えております。（略）日本は小さく、貧しいのです。それゆえに日本人は利のためにはいかなることも致します。それが彼らの強味であり、弱味でもあるのです」〈283－284〉

「日本は小さく、貧しい」、つまり資源がないのです。海に囲まれた島国なので物品がたやすく入ってくることもありません。遠藤さんは物語当時の日本について語りながら、アジア太平洋戦争前から戦中の日本、すなわち対日経済封鎖で日本に石油が入ってこなくなったことをも語り、そしてまた、この本が出版された一九八〇年当時の日本についてもここで触れています。「日本は小さく、貧しい」ので、利益を得るために何でもしなければならない。だから輸入したものを加工して、いい品質の製品を輸出していかなければ生きていけませんでした。日本人が「エコノミックアニマル」と盛んに言われたころです。さらにベラスコは、それが日本人の強みであり、弱みだと語っていますが、これはバブル崩壊後から続く今日でも言えるのではないでしょうか。「アベノミクス」とのかけ声にみんなが反応しました。実際はあまり成功もしていないのですが、そこが活路を見出すたった一つの道くらいに思ってしまいます。一点集中主義、そこに日本の強みもあり、弱みもあるのです。

利のためにはゆるす

ベラスコは、日本人に利益を与えることで迫害を終結させ、布教することも可能になってくるが、そのためには、日本人を侮辱せず、反感を買わないことが必要であると言います。

「彼らにわずかな利を与え、そのかわりに布教の自由を得ることは教会にとって決して損ではありませぬ。彼らを侮辱せぬこと、彼らの反感をかわぬこと、そして布教を認め

さす代りに利益を与えれば、迫害は必ず終ると存じます」〈284〉

これは第二バチカン公会議が打ち出した大きな方針です。日本だけではなく、世界中にさまざまな異なった文化があるなか、それらを大切にしながら、さらに良いものにしていくために、福音は各々の場所で役割を果たすことができる。これが今の福音宣教の基礎となる考えになっているわけです。

今では、宣教師がどこかの国に行って、それまでそこに根づいてきた文化を全部焼き払って、キリスト教文化を植えつけるというやり方は考えられません。皆さまのお連れ合いがキリスト信者ではなく、すでに七十、八十歳でいらしたとしましょう。その方が教会に話を聞きに行ったとき、話し手が「八十年もキリスト教を信じないで生きてきた今までのあなたの人生は全部無駄です。だからこれを信じなさい」と言うことはあり得ません。まずは、「あなたが生きてきたこれまでで、あなたが努力して達成してきたことは大変意味あることです。あなたの人生は尊い」というところから始まるのではないでしょうか。

ベラスコは「日本人は利のためには如何《いか》なることも許すでしょう」「時には心までも許すでしょう」と繰り返します。彼は、日本人に布教の自由を認めさせるには利益を与える、すなわち取引をすることにかかっているという立場を表明しています。

これも遠藤周作という人の生きた時代を考えれば、彼はそのことばの裏側で一つのことを言おうとしているのではないかと思います。具体的には戦後の日本の占領政策について語っているのではないでしょうか。すなわち、アジア太平洋戦争が敗戦という形で終結して、日本は連合国軍の占領下に置かれます。その日本に対する占領政策はまさにこのようなものだったのです。日本人を侮辱せず、反感を買わず、そして利益を与えることで日本占領は大成功に終わりました。

これは連合国軍、実質的には米軍の唯一の成功体験なのです。ベトナムでもイラクでもダメでした。どこであろうとアジアで戦争すると絶対にうまくいきません。しかし、日本でだけは大成功しました。米国の人たちはこの成功体験が忘れられないので、どこに出て行っても同じようにできると思いましたが、実際は違いました。遠藤さんはその日本の特殊性を、利のためにはいかなることもゆるし、ときには心までゆるすと表現したのではないでしょうか。

占領軍の最高司令官であったマッカーサーが解任されて日本を去るとき、多くの日本人は「行かないでくれ。あなたほどすばらしい指導者はいなかった」と言って別れを惜しんだそうです。これほどまでに心までゆるすようになり、民主主義は日本に導入されていきました。その民主主義とは、米国本国でのそれとは明らかに大きな差がありましたが、ともあれ戦後、民主主義が合言葉になって、みんながそれに賛同しました。「民主主義のため」と言えば何でも通り、逆に「それは民主主義ではない」と言えば、すべてのことが止まってしまうくらいに日本人の民主主義に対する信仰は強い、それはキリスト教に対するものよりも何百倍も強いということを遠藤さんは体験したのでしょう。これは彼の体験のなかから出てきたことばではないでしょうか。

日本は「沼地」

そうしたときにもう一つの点がわかっていきます。第二バチカン公会議が終わった直後、まだ公会議文書が全部発表されていなかったかもしれませんが、そんな時期に『沈黙』という小説が発表され、社会的にも教会的にもある意味で大騒ぎになりました。

その作品から「日本沼地論」というものが出てきます。これは有名なことばです。主人公の宣教師ロドリゴの師であり、今は棄教して幕府の仕事をしているフェレイラが語ります。

「この国は考えていたより、もっと怖ろしい沼地だった。どんな苗もその沼地に植えられれば、根が腐りはじめる。葉が黄ばみ枯れていく。我々はこの沼地に基督教という苗を植えてしまった」

遠藤さんはここで、これが日本なのだと言っています。では、誰が日本を沼地にしたのか。日本人なのか、西洋人なのか。それはどちらとも言えるでしょう。『沈黙』のなかで「沼地」ということばを使いながら、遠藤さんはもっと大きなことを言っています。それはイエスの受難と死を考えてみるとわかります。

まず、当時のイスラエルの状況を考えてみましょう。このころはローマ帝国という巨大な帝国が地中海全体を治めていて、それが彼らにとっての全世界でした。そのなかにユダヤというほんのちっぽけな国があり、ローマ帝国の属国になっていました。そこでイエスという一人の男が神さまの心をみんなに伝えていったわけですが、そのようなことをされたとしてもローマ帝国にとっては、まったく何の影響もありません。しかし、ユダヤの指導者たちにとって事情は違います。勝手に罪をゆるしたり、安息日に病人やからだの不自由な人を治すという律法で禁じられていることを平気で行ったりと、この男はいろいろと目障りなことをするので、ユダヤの指導者たちはいらだつわけです。さらに、民衆は皆、イエスの話に耳を傾けるので、そこに嫉妬心というものも湧いてきます。そうしたときにイエスを殺すという謀略が出てきます。それを「沼地」と考えてみましょう。自分の利益のために何でもすることを「沼地」だとすると、ローマ帝国がユダヤを沼地にしていったのか、あるいはユダヤの指導者が自分たちの国を沼地にしていったのかわかりません。

この点について、福音書の記述をたどってみましょう。まず、ユダヤの指導者たちがイエスに反感を抱き、イエスを捕らえてローマの総督であるポンティオ・ピラトに訴え出ます。ピラトはイエスに罪は見いだせないと言いながらも、暴動が起きそうになると違う行動をとります。もし暴動が起きてしまえば総督としての立場が悪くなるので、自分に害が及ばないようイエスが罪人だというユダヤ人の要求を受け入れます。そうしてイエスは死刑になっていきました。霊的なことを脇に置いて、福音書に記された事実を見ればそういうことになります。ユダヤ、あるいはローマの指導者のいずれが沼地にしたのかはわかりません。

『沈黙』のなかの「どんな苗もその沼地に植えられれば、根が腐りはじめる」という

「沼地」とは日本のことなのでしょうか。イエス・キリストの十字架と死に結び合わせていくなら、これは単にある国が「沼地」だと言っているのではなく、人間の罪について語っているということがわかります。「人間が自分の利益のために動いていこうとしたとき、あらゆるものを腐らせていく」ということを歴史の一コマを使って語っているのではないかと思います。そういう意味で普遍的なメッセージを発信している場面です。

この「日本沼地論」は世界的にも注目を浴びました。『侍』という作品のなかでこれに対応するのが、「日本は小さく、貧しいのです。それゆえに日本人は利のためにはいかなることも致します。それが彼らの強味であり、弱味でもあるのです」という個所です。ここでは日本を舞台にした小説ですので、「日本人は」となっていますが、先ほど申し上げたように、作者はイエス・キリストの十字架とその死と結びつけて書いているのではないかと思います。

取引のなかでの福音宣教

ベラスコという宣教師は、日本人は利のためには何でもするのだから、布教のためには利益を与えればいいという術策を採ろうとします。ここではベラスコという宣教師の罪、すなわち別の言い方をするならば、教会の罪について指摘しています。つまり、取引のなかで福音宣教をするということは絶対に無理であり、そのようなことはあり得ないと語ろうとしています。

ここで話を少し脇道にそらせますと、この小説の終盤でベラスコという神父はマニラに行きますが、日本人にキリスト教を伝えたいという気持ちを捨てることができず、自分の利益を超えて無謀にも、完全に鎖国をしている日本に潜入します。そして自ら捕らえられ、火あぶりの刑によって亡くなっていくという設定になっています。

これはペトロやパウロの人生を重ねる演出となっています。彼らも、かつては常に己の利益を先行させていました。ペトロは、イエスの前では「自分だけはどんなことがあってもあなたのことを拒否しません」などと言いながら、いざイエスが逮捕されると、「私はあの人のことは知らない」と三度も言います。そしてパウロは、キリスト信者を捕まえて牢に引いていくという、当時のイスラエルでは名誉ある仕事をしていました。その彼らがイエスへの信仰に帰っていくことと重ね合わせて、このベラスコという神父の人生最後の行動を書いています。物語の最後で、侍は洗礼を受けたがために、藩によって死に追いこまれていきます。ベラスコは自らが処刑される直前にそのことを聞かされ、「私も彼らと同じところに行ける」と喜びながら死んでいくのです。

再び話をマドリッドでの司教会議の場面に戻すと、ここではまだベラスコ神父は利で取引しようとしているのですが、これが席上の司教たちの心を打ちます。このときと最後に日本潜入を企てたときのベラスコの気持ちはまったく違ったものなのです。

ベラスコ神父の発言に対して、反対の立場にいるペテロ会のヴァレンテ神父が弁明します。

「三十年、日本に住んだ私はベラスコ神父が訴えたわがペテロ会の過ちをこの眼で見て参りました。それゆえ今、彼がのべたことを否定はいたしません。たしかにわが会はあせりすぎました。あせりすぎたために、時には行きすぎも犯しました。けれども日本の迫害のすべてはこの行きすぎのためだけではありません。ベラスコ神父の言葉には巧みな誇張があります。そしてその希望にも見通しの甘さがあります」〈287〉

つまりヴァレンテ神父は、利をもってもう一度日本で布教が可能になるということは無理だと言っています。もう既に徳川の時代が始まっているなか、ベラスコ神父が連れてきた侍たち一行は日本の将軍の公式使節団ではありません。それは一地方領主が送ってきたものに過ぎず、たとえこの使節の派遣が「日本皇帝」(将軍)の認可を得たものであったとしても、彼らはすべてを代表する公式の使節とは言えないのだと話します。

「たしかに……日本の皇帝はノベスパニヤとの貿易は望んでおりました。だがその折も、貿易は認めるが布教は許さぬという方針で貫かれており、実際、かの都では多くの信徒が火刑に処せられ、宣教師はすべてその領地から追放されました」〈290〉

徳川家の領地ではキリスト教は一切禁止されましたが、東北地方の藩ではまだ宣教を許していました。そのため多くの宣教師たちが東北へ逃げていき、そこからヨーロッパへの使節が送られることになったのです。しかし、いずれはその使節たちの主君もその方針に従わねばならないので、主君が宣教師の保護と布教の自由とを約束しても、それはそのまま日本の皇帝の約束にはならないと、先を見通していたのです。事実、そしてそれは侍たちがヨーロッパから帰還したときに起こっていたことでした。

絶対を求めない文化

このような議論に続いて、日本人と日本文化が話題になるのですが、このことは物語の時代だけではなく、いろいろな時代に置き替えながら考えてください。

遠藤さんはヴァレンテ神父に、日本人には本質的に人間を超えた絶対的なもの、自然を超えた存在、ヨーロッパ人が超自然と呼んでいるものに対する感覚がないと言わせています。ここにいらっしゃるのは、恐らく多くの方がキリスト信者だと思いますが、この個所はご自身のことではなく、日本の社会、また一般的な人々のことで考えてください。

「この世のはかなさを彼らに教えることは容易《やさ》しかった」とヴァレンテ神父は言います。この世の中は流れ、変化していく世界である。きょう私のいのちがあっても明日はないかもしれない。そういうはかなさや虚しさを日本人にわからせることは容易であった。なぜなら、日本人にはもともとそういう感覚が備わっており、さらにはこの世のはかなさを楽しみ、享受する能力まで併せ持っているからだと説明します。

ここがヨーロッパ文化にはないところです。彼らは、この世がはかなくならないように何とかしようと考えます。だからこそヨーロッパでは医学や建築学、また哲学などの知識の積み重ねも行われました。ところが日本人は、世をはかなむのですが、同時にそこに美を見てとり、それを享受していくことができるのです。それによっていろいろな和歌や文学、また絵画などの芸術文化も育ってきました。ヨーロッパ中世にはキリスト教を支えるための哲学は発達しましたが、芸術分野ではそれほど多くの傑作はありません。しかし、同時代の日本ではたくさんの文学・芸術作品が出ており、日本のほうがはるかに多く、また深く人間を洞察しているものが生まれてきているのです。

「だが日本人はそこから（略）飛躍して更に絶対的なものを求めようとも思わない。彼らは人間と神とを区分けする明確な境界が嫌いなのです。彼らにとって、もし、人間以上のものがあったとしても、それは人間がいつかはなれるようなものです。たとえば彼らの仏とは人間が迷いを棄てた時になれる存在です」〈292〉

このことについて、一つの例を挙げてみましょう。ある神父が何か非常に打算的に物事を決めたとします。教会のなかの人が「仕方のない神父ね」と言って終わらせたとしても、教会の外の人のほとんどは、「聖職者で神父にまでなった人がそんなことをするのですか」という反応を示します。日本では一般的に、人間は修行をすれば「神」のようになれるので、多くの人は、神父や修道女はみんな「神」に近い存在だと思っているのです。つまり日本の社会のなかでは、神父や修道女はそれくらい高いところへ置かれます。カトリック教会のなかでは、とてもそんな高いところには置いてもらえないので、かえって安心ですが、日本の社会一般の捉え方は違います。

修行することで人間を超えるような存在になったときに、その人がランクアップしたと多くの人が思います。別の言い方をすれば、この世で生きている人間と神の間に連続性を見るということです。例えば、明治天皇を追って乃木希典《まれすけ》大将が殉死すると乃木神社が建てられました。国に貢献したような人物が神になるというように、人と神との連続性を見ているのです。

存在しない「一人の人間」

ヴァレンテ神父の自らの経験に基づく日本と日本人に関する分析は続きます。

「皇帝が基督教を禁ずると、彼らの半ばは霧のように消えてしまいました。(略)今まで私たちがこの者こそ良き信徒と思っていた日本人までが、迫害と同時にその信仰を失った例は限りなくあります。（略）そして驚くことには、彼らはまるで何ごともなかったような顔をしていました。（略）六十年にわたる我々の会の宣教にもかかわらず日本人は一向に変っていなかったのです。もとに戻ったのです」〈293〉

「もとに戻った」ということについて説明を求められると、「日本人は決して一人では生きていません。私たちヨーロッパ人の宣教師はその事実を知らなかったのです」と答えます。これはすごい分析です。裏を返せば、宣教師たちは自分たちの常識がどこでも通用すると思っていたということですが、今でもキリスト教は同じことをやっているのではないでしょうか。

「もとに戻った」について、少し考えてみましょう。例えば、私たちがここにいる一人の日本人を改宗させようとします。しかし、その彼という「一人の人間」は日本にはいなかったということです。いったいどういうことでしょうか。その背後には村があり、家がありますす。それだけではなく、さらに彼の死んだ父、母や祖先がありますす。その村、家、父母、祖先はまるで生きた生命のように彼と強く結びついているため、彼は「一人の人間」ではありません。ヴァレンテ神父が言わんとするところは、一人の日本人がいたとしても、そこにいるのは「一人の人間」だけではないということです。つまり、村や家や父母や祖先などのすべてを背負った総体がこの人であり、「もとに戻った」とは、その彼が強く結びついていた世界に戻ったということなのです。だからその人は、自分の祖先がいない天国に行くことは祖先を裏切ることになると考えるのです。これはもう単なる祖先崇拝ではなく、強い信仰と言えるものである。これは遠藤さんの観察に基づいた日本人についての分析です。彼は、日本人のなかには「一人の人間」と呼べる存在はないというくらいまで、このことを考えていたのです。

一九八〇年に置き換えれば、会社という「家」があります。ある男性がその会社で働いていますが、彼の奥さんや子ども、彼や奥さんの両親はその会社では働いていません。しかし、みんなその会社という「家」につながっています。それが日本という国であり、こういう日本のあり方が、あるときは強みとなり、あるときは弱みとなると、遠藤さんは言うのです。

では、今の日本ではどうでしょうか。今世紀初頭に発足した小泉純一郎内閣のころから、そういうつながりは弱みだとしてバラバラにし、終身雇用制度などもどんどんなくしていっています。言うなれば、新しい「宗教」が入ってきているようなものです。しかし、日本でこんなことができるでしょうか。あのキリシタン時代にキリスト教を植えつけることができなかったのに、はたして「グローバリゼーション」を日本に根づかせることができるのでしょうか。私たちは後々、天国から見てみることにいたしましょう。

今は小さな、貧しい国なので、世界に向かってそのような顔をしていれば良いのですが、そんなことで生き残ることはできません。それが遠藤さんの予言的能力のすごさです。本質を見れば未来が見えてきます。教皇ヨハネ・パウロ二世は一九八一年に広島を訪れた際の「平和アピール」で、「過去を振り返ることは将来に対する責任を担うことです」と言っていますが、ただ過去を振り返るだけで終わってしまっては不十分です。一つの国に根づいた何かをそんな簡単に変えることはできません。私たちは、過去を振り返ると同時に未来をも見据えていく必要があるのです。

洗礼、元修道士との再会

司教会議が続くなか、侍たちは役目を果たすために洗礼を受けるべきかどうか、逡巡《しゅんじゅん》していいます。そんななか、供として連れてこられた一助と大助という百姓の若者が、郷里に帰りたいと愚痴をこぼしたのでしょう。それを耳にした与蔵という侍の下男が彼らを咎《とが》めているところに侍は居合わせ、与蔵をたしなめます。

「一助や大助が里心のつくのも無理はない。俺とて同じ気持だ。この頃、谷戸《やと》の夢ばかり見る……与蔵、俺も田中殿、西と切支丹に帰依することにした。（略）それが、この国でお役目を果すためにも、……お前たちを谷戸に戻すためにも……役にたつからだ」〈305〉

ここで言わんとすることは、侍という一人の人間の後ろに何がついているのかということです。侍という人は、こういうふうに構造づけられています。主人のそのことばを聞いた与蔵も、自分も帰依すると聞こえるか、聞こえないほどの声で答えました。

次に、侍が帰国する途中、もう一度ノベスパニヤに上陸して元修道士に再会する場面を見てみましょう。前回の出会いから、侍たちはマドリッドに行き、そこで洗礼を受けてさらにローマに行って、また同じ道を帰ってくるのですから、もう何年か経っています。元修道士は妻の肩を借りて、よろめきながら現れました。

「よう……戻られました」彼は行き別れた血縁に再会でもしたように両手をさし出した。「生きて二度と会えぬ、そう思うて……」突然、彼は話すのをやめた。胸に手を当てて肩で苦しげに息をついた〈398〉。

間もなく侍たちは帰国の途につくので、日本の知り合いに送るものがあればと元修道士に語りかけると、彼は何もないと寂しそうに笑います。そして、キリスト教信者の元修道士が友と知られれば、かえって迷惑をかけるだけだと語ります。

この元修道士が国を出て、恐らく十年以上経っているでしょう。まだ親類縁者がいたとして、その人たちは彼がどこにいるのかを知らずに日本で暮らしています。でも、キリスト教が禁制となった今、自分のような信者がどこかで生きているとなれば、きっとその人たちに迷惑がかかることになるという心遣いをしているのです。

作者はここで、先ほどのヴァレンテ神父が分析した日本人のあり方、つまり「日本人は決して一人では生きていません」ということを語っていますが、それを必ずしも悪いものだとしてはいません。

侍は自分が洗礼を受けたこと、しかしそれはやむなくであり、心から受け入れたものではないと彼に伝えます。元修道士は、「今も信じてはおられませぬか」と問いかけますが、「あのような、みすぼらしい、みじめな男をなぜ敬うことができる。なぜあの痩せた醜い男を拝むことができる。それが俺にはようわからぬが……」と、侍は初めて真剣に尋ねました。

「私も……むかし（略）同じ疑いを持ちました。だが今は、あの方がこの現世で誰よりも、みすぼらしゅう生きられたゆえに、信じることができます。あの方が醜く痩せこけたお方だからでございます。あの方はこの世の哀《かな》しみをあまりに知ってしまわれた。人間の歎《なげ》きや苦患《くげん》に眼をつぶることができなかった。それゆえにあの方はあのように痩せて醜くなられた。もしあの方が我らの手の届かぬほど、けだかく、強く、生きられたなら、このような気持にはなれなかったでございましょう」〈399－400〉

元修道士はこのように語ります。しかし侍には彼の言うことが理解できません。さらに、「あの方は決して強くもなかった。美しくもなかった」と言う元修道士に、西という侍の仲間が、自分たちが見た教会や法王の住む館はすべて豪華であったと反発します。すると元修道士は「あの方がそれを望まれたとお思いか」と怒ったように首を振って答えます。彼は、イエスはあのような飾り立てた教会ではなく、このインディオたちの哀れな家に住もうとしている。なぜなら、イエスの生涯を見れば、満ち足りた者ではなく惨めな者を求めていたからだ。もはやこの国では司教も司祭も満ち足りており、イエスが求めた人間の姿ではなくなっていると言うのです。そして、自らの経験を述べます。

「インディオたちはこんな私のために沼にとどまってくれました。でなければ私も（略）テカリから遠くに移っておりましたろう。時々、このインディオたちのなかにイエスの姿を見つけることがございます」〈４０１〉

同じ土地でとうもろこしを何回も作っていると、次第に作物が生育不良になっていくため、通常インディオたちは耕作地を移しながら生活しています。しかし、この元修道士が病気で動けないため、このインディオたちはもう何年もここで留まってくれているという話をしているのです。元修道士のそんなことばを聞いても、やはり侍には、どうしても彼のようにイエスを思うことはできないと言います。それに対して元修道士は、「あなたさまがあの方を心にかけられずとも……あの方はあなたさまをいつも心にかけておられます」と語り、さらに大切なことばを続けます。

「泣く者はおのれと共に泣く人を探します。嘆く者はおのれの嘆きに耳を傾けてくれる人を探します。世界がいかに変ろうとも、泣く者、嘆く者は、いつもあの方を求めます。あの方はそのためにおられるのでございます。（略）このこと、いつかはおわかりになります」〈402－403〉

侍にとって、その「いつか」が物語の終盤に出てきます。最後に元修道士は、今ようやく自分の心に合わせてイエスの姿をつかむことができたと侍に伝え、二人は別れます。

ここでは、真に福音を伝えるにはどのようなことが必要なのかについて語られていると思います。侍はいろいろな術策に思いを巡らせているのですが、実はそれらのものが彼の心を耕しているのではありません。帰国途中にこの元修道士に再会して、イエスについて彼の思いに接します。侍は、そのときは納得できず、何やら訳がわからないのですが、そういう出会い、本当にキリストとともに生きている人に出会ったという事実を通して、必要なときに必要なように芽が出てくる。それが福音宣教なのではないかということを遠藤さんは語っています。そういう意味で、福音宣教とは人間の計画で無理に押しつけるものではないということなのです。遠藤さんがたった一つ、このなかで言おうとしているのは、本当にキリストにつなぎ留められた人が必要であるということ、宣教師としてそのような人が必要であるということです。

4　神を受け容れる

小さな変化

ここからは、主人公である侍の信仰受容の側面から、その姿を探ってみたいと思います。前章でも見たように、侍はノベスパニヤ（メキシコ）で元修道士に出会うという設定になっていますが、この人との出会いがとても大切なものとして描かれています。出会ったとたん、この侍に何か変化が起こってくるというわけではありませんが、そこが私たちの人生をほどよく描写していると思います。

ときには、出会ってすぐに「あっ、すごいな」と思うこともあるとは思いますが、本当に深いところで人を育てたり、変えたりしてくれるものというのは、一瞬にしてこみ上げてくる感激などというものとは少し違うかもしれません。そのあたりも心に留めて考えてみたいと思います。

このノベスパニヤに上陸してからも至るところで、教会に跪《ひざまず》く男女や蠟燭《ろうそく》の炎に照らし出された醜い痩《や》せこけた男の裸像を見せられた。生れて初めて接した広い世界はまるでその醜い男を信じるか信じないかで生きているようである。だが小さな谷戸《やと》に育った日本人の彼にはイエスという男に興味も関心も起らない。それは生涯、縁のない国の風習に過ぎなかった〈210〉。

これは元修道士に最初に会ったとき、彼からイエスについて聞かされたときの侍の思いです。彼にとっては、イエスとは生涯縁のないものと思いながら、これまで旅を続けてきました。しかし考えてみれば、ある人がいきなり全面的にキリストを信じたり、自分の生き方を転換していくということはあり得ないでしょう。遠藤さんは、そのようなことは作り話のようなものだと考えていると思います。

そういうなかで、侍に小さな変化が起こってきたことを告げている個所も忘れてはいけないでしょう。一緒に連れてこられた大助という百姓の若者が「早う、帰りたいのう」と、もう一人の百姓にささやきました。侍のいちばん近くに仕えている与蔵という男は大変実直で、侍と運命をともにしていこうとする存在です。この与蔵がその声を聞き、叱りつけました。しかし侍は、彼らのそばに行き、首を振ったのです。

「帰りたかろうな。いつ戻れるか、これから参るエスパニヤがどのような国か、この俺も知らぬが、お前たちの苦労、無駄にはせぬ」

おちくぼんだ眼で侍がそう言いきかせると三人の従者はうなだれたままうなずいた。（略）与蔵の眼から突然、泪《なみだ》がこぼれたが、彼はそれを見せまいとして顔をそむけた〈216〉。

ここで侍は百姓たちのそばに行き、「帰りたかろうな」と声をかけます。彼のなかで何かが働き始めました。それは「喜ぶ人とともに喜び、泣く人とともに泣く」（ローマ12・15参照）ということです。ノベスパニヤの教会について語った元修道士のことばに、「パードレさまたちの手はいつも泥に汚れはいたしませぬ」というものがあります。ここで遠藤さんは、泥で汚れているキリストをインディオたちと苦楽をともにするこの元修道士に重ねて描いています。そのような元修道士と出会ったことによって、侍の心に変化が現れました。

それまでの侍の心は、あくまでも藩主の命に従い、立派な仕事をなしとげて故郷に帰るという思いで占められていました。しかし、ここで遠藤さんは、元修道士との出会いによって変化した侍の姿を通してもイエスを語ります。イエスという方は煩悩を取り去る者として立ち現れたことは一度もありません。そうではなく、煩悩のある者、小さい者とともに歩く人として、私たちとともにある神として人間の世界に立ち現れてきたのです。

そのことについてヨハネ福音書には次のように書かれています。「初めに言《ことば》があった。言は神と共にあった」（1・1）。この「言」とは、神のご意志です。単にペラペラしゃべる言語のことではありません。意志があってそれが言になります。その神の意志が人間にわかることばになったのです。神の意志はイエスという一人の人間としてこの世界に送られてきました。これがヨハネ福音書での主張です。

そしてさらに、「この言は、神と共にあった。（略）言の内に命があった。命は人間を照らす光であった。光は暗闇の中で輝いている。暗闇は光を理解しなかった」（1・2－5）と続きます。これは、意志は神とともにあったということです。そして「光は暗闇の中で輝いている」という個所を先ほどの元修道士の言葉で表現するなら、その光は「泥」のなかで輝いているということになるでしょう。遠藤さんはこのような意味も含めて「泥」ということばを使っていると思います。

そして、「言は肉となって、わたしたちの間に宿られた」（1・14）とあるように、イエスが人間となって、煩悩ある者、小さき者をそのまま受け容《い》れ、ともに歩いていくことによって、その小さき者が次第に変わっていくのです。この侍もそのような形で変えられていきました。

侍のなかに見えるイエスの姿

このように聖書が語る神のあり方について、遠藤さんは先ほど見てきた個所で語ったわけです。また、この元修道士との出会いの個所で参考になるのがマタイ福音書9章の「マタイを弟子にする」というところです。イエスが通りがかりにマタイという人が収税所に座っているのを見ます。徴税人というのは、当時の社会では汚《けが》れた者の代表のように見られていたので、誰もこの徴税人と付き合いたいとは思いませんでした。できることなら避けたいと思われるような、忌み嫌われている存在です。しかしイエスは収税所に座っているマタイに自分に従うよう言い、マタイは立ち上がってイエスに従います。イエスが弟子とともにマタイの家で食事をしていると徴税人や罪人が大勢やってきました。それを見ていたファリサイ派の人々は、弟子に「なぜ、あなたたちの先生は徴税人や罪人と一緒に食事をするのか」と言い出しました。

イエスはこれを聞いてこう答えます。「医者を必要とするのは、丈夫な人ではなく病人である。『わたしが求めるのは憐れみであって、いけにえではない』とはどういう意味か、行って学びなさい」（9・12－13）。この「わたし」とは神さまのことです。旧約聖書で言う「神であるわたし」とはイエスが「父」と呼んだその方であり、自分のことばを書き記すように命じて、旧約聖書にそれらを残している神です。その神が求めるのは、潔さのなかで自らを英雄にしていくいけにえではなく、憐れみだと言っています。イエスは、「わたしが来たのは、正しい人を招くためではなく、罪人を招くためである」と続けます。

侍の従者たちが「帰りたいのう」と、互いに小声で本音で語っているこの場面で考えてみましょう。本来は、この役目を立派に果たして故郷に錦を飾るというのがこの人たちのなさねばならないこと、すなわち大義名分です。そのなかに侍は割りこんできて、「帰りたかろうな」とことばをかけます。侍の、このことばのなかにイエスの姿が透けて見えてきます。すなわち、侍自身は決して「帰りたい」という従者たちの気持ちを了解しているわけではありません。しかし、それにもかかわらず、そこからこの侍という一人の人格を通して、神は立ち現れてくるということを示しているように思います。そして与蔵は、いちばん上の家来として、自分の部下を叱りつけましたが、侍のこのことばを聞いて、涙をこぼしたと書かれています。

文箱から出てきた紙束

さて、次に侍がヨーロッパまでの往復の旅を終えて、谷戸に帰ってきたところを見てみましょう。出発のときは、皆にあれほど期待されて送り出されたのですが、帰ってみればキリスト教は禁制となり、世界はまるで変わっていました。旅先で出会った人々が自分の名前や祈りのことばを書きつけてくれた紙や小さな聖画なども、帰国すれば子どもたちが驚き、喜ぶだろうと思って捨てずに持って帰りましたが、それらもすべて囲炉裏で燃やしました。「それらの縁がめくれあがり、栗色に変り、やがて小さな炎が動いて消えた」。何年もかけて旅をしてきた思い出は、すべて灰になっていったのです。

「世界は広うございました。しかし、私には、もう人間が信じられのうなりました」との、ともに旅をしてきた西九助のことばを囲炉裏の灰を見つめながら侍は嚙みしめたのです。

文箱の底からはノベスパニヤにいた元修道士から手渡された、小さな古い紙束が出てきます。その男は、聖書のラテン語を日本語に訳して筆記していました。現地で日本語が読めるのは彼一人なので、恐らく自分のために訳していたのでしょうが、それを侍にくれたのです。しかし侍にとってはまったく興味がないものなので、開きもせずにそのまま持って帰ってきたものでした。侍はエスパニヤ（スペイン）で洗礼を受けていますが、それもすべてはお役目のためで、ノベスパニヤとの貿易をエスパニヤ国王が認め、ローマ教皇に認めてもらうための、いわば方便でした。そして今、帰ってきたこのときも、彼にとってキリスト教はやはり遠いものでした。

世界は広かったが、結局広い世界でもこの谷戸と同じように人間は悲しみにつぶされていたというのが、侍が人間を見ていくときに得た結論だったのです。その紙には次のように書かれていました。

その人、我等のかたわらにましします。

その人、我等が苦患《くげん》の歎《なげ》きに耳かたむけ、
その人、我等と共に泪ぐまれ、
その人、我等に申さるるには、
現世《うつせみ》に泣く者こそ 倖《さいわい》 なれ、その者、天の国《パライソ》にて微笑まん〈441〉。

これは聖書のことばです。侍は目を閉じ、旅先の宿舎で壁の上から自分を見下ろしていたあの男の姿を思い浮かべましたが、「今はなぜか昔ほど蔑《さげす》みも隔たりも」感じなくなりました。

ここで侍の心は少し変わってきています。しかし、自覚的にキリスト教信仰に同意しているわけではありません。「むしろあわれなこの男が囲炉裏のそばでつくねんと坐《すわ》った自分のそれに似ているような気さえする」のです。つまり、囲炉裏のはたに座って、毎日その囲炉裏の炎を見つめていること以外、何もすることがない自分に似たような気がしています。自分は今、お城に上がることはもちろん、外を歩くことも許されていません。なぜならば、洗礼を受けて帰ってきたということが知れているからです。その紙束には次のように書かれていました。

「その人、現世《うつせみ》に在《ま》します時、多くの旅をなされ、傲《おご》れる者、力ある者はたずね給《たま》わず、ひたすら貧しき者、病める者ばかりを訪《おとな》われ、それらの者たちとのみ語らわした。病める者の死する夜は、傍らに坐り、夜のあけるまでその手を握られて、生き残る者と共に泪ぐまれ……おのれは人に仕えるためにこの世に生れしぞと申され……」〈441〉

「ここに、長き年月、身を売りて生きる女あり。湖を渡りてその人の来《きた》り給うを聞き伝えり。走り、宿に行き、その人のそばに参り、ひとことも言いあえず、ただ泪、流れるのみ。泪、その人の足をほととぬらす。その人、申さるるには、この泪にてすべて足れり。神《デウス》は汝《なんじ》のあわれさ、悲しさを知れり。もはや案ずることなかれと」〈442〉

すると鳥が狂ったようにどこかで鳴いたとあります。侍は、あの辮髪《べんぱつ》の元修道士がテカリの小屋の中でこの紙に文字を書き始めている姿を想像しました。夜のテカリの沼は、この谷戸の夜と同じように闇深いだろう。その闇のなかであの男がなぜこんなことを書かねばならなかったのか、侍にも漠然とわかるような気がしたのです。あの男は自分だけのその人が欲しかったのだ。「自分だけのその人」とは、「自分だけのイエス」のことです。ノベスパニヤの教会で司祭たちが説くキリストではなく、見捨てられた自分とインディオたちのそばにいてくれるその人が欲しかったのかと、この人にわかり始めてくるところです。

捨てられた者として

侍がこのような気持ちになったところ、彼に仕える与蔵について次のような描写があります。

侍にはよくわかった。彼にはこの忠実な下男の横顔がふと、あの男に似ているようにさえ思われた。あの男も与蔵のように首を垂れ、すべてを怺《こら》えているようだった。「その人、我等のかたわらにましします。その人、我等が苦患の歎きに耳かたむけ……」〈446〉

与蔵は侍よりも三歳年上の男として登場してきます。馬の扱い方や銃の手入れの仕方などを教え、小さい時からずっと侍の面倒を見てきています。そうして侍は侍になっていき、与蔵は与蔵のまま、ずっと下男として侍に仕えてきます。侍は今、この仕えてきた与蔵の姿にイエスを見ています。与蔵は昔も今も決して侍を見棄てなかった。侍の影のように後をついてきてくれた。そして主人の苦しみに一言も口を挟まなかった男でした。

「俺は形ばかりで切支丹《キリシタン》になったと思うてきた。今でもその気持は変らぬ。だが、御政道の何かを知ってから、時折、あの男のことを考える。なぜ、あの国々ではどこの家にもあの男のあわれな像が置かれているのか、わかった気さえする。人間の心のどこかには、生涯、共にいてくれるもの、裏切らぬもの、離れぬものを――たとえ、それが病みほうけた犬でもいい――求める願いがあるのだな。あの男は人間にとってそのようなあわれな犬になってくれたのだ」〈446〉

このようにして侍という男は自分の中でイエスを受容していきます。自分に対して人間として誠実に仕えてくれた与蔵に改めて出会い直すことによって納得していったのです。また、彼自身ももう藩では捨てられた者であり、生きながらも死んだも同然の生活をしています。そういうなかで彼は、イエスに出会っていこうとします。そして、元修道士が書きつけてくれた、自分は人に仕えるためにこの世に生まれたというイエスのことばを思い出し、「あの男は、共にいてくれる犬になってくれたのだ」と、彼にとってのイエスを見出します。

この時、うつむいていた与蔵がはじめて顔をあげた。そして今の主人の言葉を嚙みしめるように沼に眼を向けた。「信心しているのか、切支丹を」と侍は小さな声でたずねた。「はい」と与蔵は答えた。「人には申すなよ」与蔵はうなずいた〈446－447〉。

こうして与蔵のなかにも信仰が芽生えているということが明かされます。今、侍のなかでもイエスを捉え、イエスに帰依しているわけですが、与蔵にとってもこの旅はいろいろな人生の巡り合わせを感じるものでありました。

長旅を終えた侍は、「よくぞ帰ってきてくれた」と歓声とともに迎え入れられたのではありません。彼は、自らもイエスと同じように捨てられていくことになることによって、本物のイエスに出会っていきます。

人間を通して語る神

遠藤さんはさらに、マニラの修道院長になったベラスコについて書いています。そこにずっといれば多くの配下がいて、安楽に暮らしていけるのに、彼はわざわざ禁教令の出ている日本にやってきます。そして長崎で捕らえられて殉教していく姿を克明に書いていきます。

処刑場に連れてこられたベラスコに「なあ、転ぶ気持はまだないか。これが最後ぞ」と役人が声をかけますが、ベラスコは首を振って断ります。それに対してうなずいた役人は、帰っていこうとするのですが、フッと思いだしたように、侍と西が「切支丹ゆえ、お仕置きとなった」と告げました。すると、黙っていたベラスコの唇にうれしげな微笑みが浮かび、「ああ」と声が漏れ、「私も彼らと同じところに行ける」と叫んだのです。ベラスコは宣教のためと称して術策を巡らし、利益を与えることによって日本でキリスト教信者を増やしていこうとしていた人間でした。その彼が今、先に亡くなっていった侍と一緒のところへ行けると言って喜んでいるのです。

杭《くい》に縛りつけられ、足元の薪と藁《わら》に火がつけられたベラスコは、最後に「生きた……私は……」と言い残します。この言葉は、本当にこの人が生きたということでしょう。いろいろと迷いながらも、日本の宣教をうまくやっていくために行動してきた。ほかの神父だとこんなことしかできないが、自分だったらこうできるのにと、さまざまなことを考えながらここまでやってきた。それが生きるということだと、遠藤さんはこの男の口を通して言わせるのです。侍には禁欲的なところがありましたが、それに対してベラスコという男はとてつもない野心家として描かれています。しかし、「自分は生きた」という言葉を最後に残すのです。与えられた生をこのように生き、このように死んでいくように生きた、生かされた……。

役人たちは、死刑になった三人の骨と灰を菰《こも》の中に入れて海の中に放り込みました。波がその菰を飲み込んでいきます。

何事もなかったように冬の陽が長い浜辺にさし、風の音のなかで海が拡がっている。竹《たけ》矢来《やらい》のなかにはもう役人や番人の姿はなかった〈488〉。

このようにしてこの小説は終わっていきます。ここに出てくる冬の陽。そして風の音。これが聖霊を表す言葉として遠藤さんがいろいろなところで使う象徴です。

『福音と世界』という雑誌の一九六六年九月号に掲載された小説『沈黙』をテーマとした座談会で、遠藤さんは「神は、われわれ人間の人生、もしくは、人間そのものを通して、その存在を語り、その言葉を語っている」と話しています。

人間の人生。それはこの人がこう生きようと企てた人生ではありません。ピアニストになりたい、政治家になりたい、というのではなく、その人が背負わなければならなかった人生です。そして神はその人間そのものを通してその存在を語り、その言葉を語っています。遠藤さんはこう言います。

どんなつまらない人間の人生にも神はその存在の証明をしているのですから、そういう人間を小説で書くということは、神の存在の証明、神の沈黙と言葉を伝えるということになるんだという、キリスト教作家としての信念が私にはある。ですから、どんな聖人を書かないでも、背徳者を書いたとしても、神の存在というもの、神の声というものが何らかの形ではいっていると思うのです。〔『沈黙』に登場する宣教師〕ロドリゴの生涯をずっと書いて来て、その転んだという人生そのものの中に神の言葉があるということを、私はどうしても一行加えたかったのです。

遠藤さんの最初の論文は、スコラ哲学、キリスト教の哲学を使って神の存在証明をするという内容で、それを上智大学に提出しています。しかし、神の存在を証明するということは、神があそこにいるということではなく、結局、生きている人間を通して神を語るというキリスト教の中心テーマです。その生きている人間というのは、私たちのことなのです。私たち一人ひとりの傷だらけの、誇るところのそれほどない、自分を思い返せば恥ずかしいところだらけのような人生を通して、神は姿を現してくるということを言いたかったところでおっしゃっています。

遠藤さんは、歴史のいろいろな人たちを使って聖書の真実と言うか、イエスが言いたかったこと、そして聖書が伝えたかったことを、〝護教小説〟という香りをまったく漂わせないで読んだ人たちの中に根づかせてしまうという技術、そしてセンスといったものを、天性持っておられた方だったのではないかと思います。

5　侍とイエス

日本を見る目

　ここでは、主人公の侍とイエスについてお話をしたいと思います。皆さまもご自分の現在の生活、そしてそれだけではなく、日本の社会や国際的に置かれている状況、あるいは教会の現状、そういうものとも合わせて考えていただけるといいと思います。

　侍とイエスについて考えるために、ここではまず、ヨーロッパに渡っていった侍たちがマドリッドで洗礼を受けたという場面を見てみましょう。

　洗礼を受けた後、彼ら三人の使者はベラスコに連れられ、援助を請うためにさまざまな有力者や貴族を訪問しました。彼らは言葉のわからないなかで面目を失わないよう緊張し続けたのですが、彼らが耐えられなかったのは、訪問した有力者や聖職者たちからの日本についての無知な質問でした。

彼らが日本人とノベスパニヤのインディオとを同じように考えていることがわかった時、侍たちは屈辱をおぼえた。

「ホトケとよぶ迷信と邪宗の神から離れ、我々の主を信じた日本人たちの来訪を悦《よろこ》びたい」

聖職者たちが見くだしたような態度でそう言う時、侍は貧者に恩恵を施す富者の傲《おご》りを感じた。まがりなりにも父や叔父やそしてりくが信じてきた仏が、このように軽蔑《けいべつ》されるのは愉快ではなかった。（俺は切支丹《キリシタン》ではない）侍は眼をしばたたいた。（この者たちの崇める基督《キリスト》など今後は拝みはせぬ）〈317〉

侍が思ったこと、感じたことがここに書かれています。もちろんこれは歴史上の事実を紹介しているのではなく、遠藤さんが小説のなかでそのように仕立てているのですが、そのように感じてきた日本人たちがいたということです。特に明治以降の日本人、あるいは遠藤さんと同時代を生きた人々や世界の人々のなかに、欧米人に対してそのように感じている人がたくさんいました。今の日本にもいるかもしれません。そういうことを含めて考えればよいだろうと思います。

ミサの後、侍は西九助という同僚に「切支丹にさせられたこと、辛うはないか」とそっと尋ねます。ここでは、「切支丹になった」ではなく、「させられた」と言っています。その当時、エスパニヤ（スペイン）国王の許可がないと、日本はノベスパニヤ（メキシコ）との貿易ができなかったため、彼らは役目を全うするために「切支丹にさせられ」ました。そうしなければ、国王の許可は下りないのです。すると西は屈託なげに笑ってこう答えます。

「ミサもミサの唄《うた》もオルガンもすべてが珍しゅうございます。あの唄やオルガンの調べを耳にいたしますと、時折、酔うたような気もいたします。西洋を知るためには切支丹はぬきにできぬ、とようわかりました」〈318〉

これは西洋を知るためにはキリスト教は抜きにできないという一つの大きなテーマです。そして次にもう一つのテーマが出てきます。侍は自分のように違和感を覚えない西の若さと好奇心とにうらやましさを感じながら、「あの男を拝む気になったのか」と聞くと、西は答えます。

「拝む気持はございませぬ。が……ミサは決して嫌ではありませぬ。あれは日本の神社や寺には決してないものでございます」〈318〉

日本とキリスト教との五つの時

では、日本という国がキリスト教と関わってきたスタンスについて考えてみましょう。遠藤さんが伝えたいことのなかに五つの時があると思います。

一つ目はこの侍たちの時代、すなわち戦国時代、そして江戸初期です。この時代に日本は、ヨーロッパの国々やヨーロッパの宗教であるキリスト教とどのように関わろうとしたのか。また、それは何のためであったのかということです。さらにもう一つの大切な点は、この時代の教会側の宣教の動機と日本側のキリスト教受容の動機は何だったのかということです。それをはっきりさせなければならないと思います。

「宗教」と言えば、神さまに従って生きる、神さまに自分をささげて明け渡すということとになりますが、そのようなことが宣教する側の動機であったのか、そしてキリスト教を受容しようとする日本人の動機であったのかということを考えようとしています。ここに遠藤さんの着目点があると思います。

これは日本における初期の宣教がどういうものであったのかを考えてほしいということですが、そこに重なってくるのは何なのでしょうか。私たちはここで時代考証のための歴史学の書物を読んでいるわけではありません。小説の形をとるということは、そこにはいく層もの時代の人々が重なってきているということでもあります。

明治以降の西洋と日本という国との関わり方は、幕末に開国した後に大きく変わりました。これが二つ目の時です。それまでまったくヨーロッパと関わっていなかったというわけではありませんが、鎖国政策をとっていたので、一般の庶民がヨーロッパ文化やその他いろいろなものに触れるということは不可能な状態でした。しかし、それが開国によって変わりました。

明治政府は自ら望んだわけではなかったにしろ、信教の自由をある程度認めたため、キリスト教側でも再宣教が始まりました。そういう時代において、伝える側と受容する側の動機には、明治政府がいちばん大きな目標とした「脱亜入欧」という考え方がありました。

脱亜入欧とはアジアを脱してヨーロッパに入るということで、簡単に言えば、アジアの一員であり続けるのではなく、一等国であるヨーロッパの仲間入りをして、この日本も一等国になっていくということです。

そしてその目的は富国強兵、すなわち経済的に富み、軍事的にも強い国になるということでした。その背景には、当時の列強諸国が世界のいろいろな国々を植民地にしていったことがあります。当時、それが国際社会では当然とされたそのような情勢のなかで、日本が植民地にされないためにはどうすればいいのかと考え、出てきた国策が脱亜入欧と富国強兵でした。

今、脱亜入欧と言えば、アジアの国の人たちにとても失礼のように聞こえます。しかし当時は、ヨーロッパの仲間に入れてもらおうと必死になり、そのために英語やフランス語の教育が始まっていきました。日本語を話しているより、英語を話している人のほうがよほど上等な人間なのだという雰囲気がどんどん染みこんでいくわけです。そのようななかで、夏目漱石のような、日本でもとびきりの知識人たちは非常に苦しみました。その苦しみは今の子どもたちにまで続いているように思います。

これらの国策は日本が植民地にならないためのもので、その結果いろいろなことが強いられていきました。そういうなかで、宣教する側と受容する側のそれぞれの動機というものがここでも同じように問われます。

先ほども言いましたように、明治政府は自ら進んでキリスト教をはじめとする信教の自由を与えようとしたわけではありません。信教の自由を認めなければ列強はつき合ってくれないという圧力があったため、一八七三(明治六)年にキリスト教を禁止していた高札《こうさつ》をしぶしぶ撤去しました。その時点では、キリスト教を信じてよいとか、信教の自由を国民に与えたというお触れ書きが出たのではありません。しかし、「取り締まらない・黙認する」という形で、それまでヨーロッパ人だけが通うことのできた横浜の山手教会や長崎の聖堂などに日本人が出入りすることが許されていきました。国際関係上の配慮から黙認していくというのが、明治政府とキリスト教の関わりです。このような動きがあったからこそ、古いところで言えば横浜雙葉《ふたば》学園、白百合学園、信愛学園のような、カトリックの学校が日本で開校することができました。また、それよりも前に明治学院や青山学院などのプロテスタントの学校が創設されました。

三つ目は、アジア太平洋戦争の敗戦が挙げられます。戦後の占領政策のなかで、それまでの考え方とはまったく異なる民主主義というものが日本に入ってきました。これは日本が自分から望んだものではなく、占領軍の考えとして導入され、戦勝国の宗教であるキリスト教が同時にそこになだれこんできたという状況です。

民主主義ですので、信教の自由が保障され、人々はキリスト教を主体的に選ぶことができました。そういう機会が与えられた背景には占領政策という大きな政治的な枠組みがありました。しかし、江戸期にしても、明治以降にしても、あるいは戦後にしても、それぞれ信仰を得て信者になっていった人たちが、今申し上げたような外圧によって信者になったわけではありません。これは言うまでもないことです。

戦後、洗礼者の数が増大し、神父やシスターになる方もたくさん出てきました。そのような人たちが、外圧によって神父やシスターになったという話ではなく、宣教する側の動機とキリスト教を受容しようとしていく人たちの動機、あるいはキリスト教に付随する文化を受け入れていこうとする人たちの動機の中に、個人を超えた大きな枠組みの変化があるということです。

四つ目は『侍』という小説が出版された一九八〇年という時です。この時期は後のバブル経済前夜でした。そのころはもはや、日本はヨーロッパ、キリスト教文明を目標とする必要がなくなりました。何も西洋、あるいはヨーロッパのキリスト教文化から学ばなければ伸びていけないというような国ではなくなっています。経済的にも自立していけますし、独自の文化やいろいろな産業が育ってきています。育ってくるどころか、ヨーロッパやアメリカをしのぐほどになっています。

幕末以来、日本はいろいろな形で西洋やキリスト教文化を目標としてきたのですが、その必要がなくなった日本というものが立ち現れました。西洋から何かをもらう必要がなくなったときにキリスト教も必要としなくなった日本が現れてきたことを、皆さまもいろいろな形で実感しておられると思います。例えば、司祭・修道者の召命志願者の減少はここから始まってきます。これは修道会や教会の養成システムが悪かったからそうなったのではなく、大きな枠組みがここで変わっていったということではないでしょうか。

西洋キリスト教文明へのトラウマ（心的外傷）とかコンプレックスから解放された日本と、キリスト教なしでも生きられることを目指した江戸時代の近さというものがここに現れてきます。要するに江戸時代の鎖国政策とは、キリスト教がなくても生きられる世界を作ったということです。

ザビエルの来日以来、キリスト教は各地で広がっていきましたが、江戸幕府はそれを排除しました。約二百五十年にわたって絵踏みという制度が続けられたのは、常に排除していないと再びキリスト教が入ってくる可能性があったからです。しかし、一九八〇年からは絵踏みをさせなくても、もうキリスト教を必要としない社会になりました。つまり、これ以降の日本は、キリスト教なしでも生きられることを目指した江戸期と重なり合ってくるのではないかと思うのです。

次に五つ目の時ですが、それは遠藤周作さんの死後です。2章の最後でも触れましたが、私は遠藤さんのことを「預言者」と呼びました。そしてこの「預言者・遠藤」が自分の作品を通して残した現代へのメッセージに注目します。それは現代、すなわち遠藤さんの死後に到来したキリスト教を必要としないグローバル世界のなかで、イエスはどのようなあり方で復活し、生きていくのか。遠藤さんはこのことを『侍』という小説に書きました。グローバル世界においては、どこでももうキリスト教を必要としていません。アメリカもヨーロッパも中国も韓国も、キリスト教という土台のなかでグローバル社会を作ろうとはしていません。そうではなく、お金の動きといった金融経済を土台にしながら世界を構築していこうとしています。

神は死んだのか

では、そのときに神は死んだのかということを考えてみましょう。キリスト教は世界の外へ放り出されたのでしょうか。きっとそうでしょう。それはまさに侍というあの人が、帰国したときの日本という世界です。彼にとって「世界」とは日本です。日本以外の世界で彼は生きることはできません。そして彼にとってそれは、生まれ育った東北のとある藩でした。藩に身を置くということは、そこから勝手に出られないということです。藩が彼にとってのグローバル世界であり、地球全体なのです。その藩でキリスト教は藩の外に放り出されました。

世界全体が経済を基盤としたグローバルな体制を構築していこうとするとき、侍が生きた藩がキリスト教を放り出したように神も放り出されました。しかし、それでよいのです。それがキリスト教の運命です。神が放り出されたその世界で、すなわち、新自由主義経済の渦のなかで生きている一人ひとりが「侍」なのではないかと問いかける。それがこの作品だろうと思います。そのような意味で、現代につながってくるテーマを江戸初期に時代設定して描き切った作品と言えるだろうと思います。

このような世界のなかで私たちが考えなければいけないのは、特に今お話しした四番目と五番目の時です。四番目の一九八〇年はこの『侍』という作品が出版された時ですが、バブル経済前夜の日本の状況です。そして五番目、グローバル世界と言われているこの地球全体においてキリスト教、また教会の宣教のあり方をもう一度考える時なのだということを遠藤さんは言おうとしています。

すなわち、日本社会は戦国時代以来、何をキリスト教に求めたのでしょうか。イエスを求めたのか、それともキリスト教文明による経済力を求めたのか。このどちらなのかということをはっきりさせないといけない時が来たのです。それが第四の時、一九八〇年です。

そして現代という第五の時は、経済中心のグローバル化によってキリスト教というものの見せ方が変わるということです。例えば、今若い人々に「あなたは今、どの外国語を勉強したいですか」と問うたときに、フランス語やドイツ語を勉強したいと言う人はどれくらいいるでしょうか。英語は基本的な外国語として勉強したいということは理解ができますが、「英語の次に」と聞かれたときには、恐らく中国語や韓国語、あるいはアジアのことばだと思います。もしかするとスペイン語かもしれません。スペイン語のほうが需要は大きいでしょう。そのように世界が変わっていっています。

そのようなかで教会の宣教を考えてみましょう。教会やカトリック・ミッションスクールが西洋の香りをチラッとでも立てると人々が注目するということは五十年前の話であって、今それをやっても無理でしょう。今からおよそ五十〜六十年前、ほとんどの家庭ではみんな畳に座って、お母さんが作ってくれたごはんと味噌汁を朝食として食べていました。そんな時代に、修道院では毎朝いすに座って、牛乳を飲んでパンを食べていました。かつては「すごいじゃない！」と言われていましたが、今ではいすに座ってパンを食べていることは別に珍しくもありません。

この『侍』という小説では全体の三分の二で、文明というものに絡めとられたような形のキリスト教を描いています。この侍は、藩のために急にノベスパニヤに行くことになり、さまざまな形でキリスト教文化に触れるなか、任務を果たすためにどうしてもキリスト教徒になる必要に迫られます。そして、心底信じるのではなく外見だけでもいいからということで洗礼を受け、帰国したというところまでで物語の三分の二が終わります。残りの三分の一は帰国してからの話です。ですから、この話のほとんどがキリスト教文明に絡めとられた個人、そして集団、さらに国家を扱っているのです。それらがどう動いたのかという話であり、最後のところでどうなっていくのかということが問題になってきます。

金殿玉楼の教会とは

ここでは日本の教会、主に教会の宣教について考えましたが、これまでの日本における宣教は、西欧諸国の文明的優位性に寄りかかってなされたのではないかという問いなのです。

遠藤さんの言う「金殿玉楼の教会」はいつの時代の教会を言っているのでしょうか。今でもヨーロッパに行けば、建築物としても、そして美術的にも価値のある巨大で立派な教会はたくさんあります。「金殿玉楼の教会」とは、元修道士が見たマニラやノベスパニヤで建立されていた教会を指し、また侍たちがヨーロッパに渡って目にした教会のことです。しかし、これはもしかしたら遠藤さんが生前通った日本の教会のことかもしれません。あるいは遠藤さんが敗戦後に留学したときに見たフランスの教会のことかもしれません。いずれにせよ、これらの教会は現代につながってきます。

遠藤さんはこの「金殿玉楼の教会」というものに対して明らかに反対しています。それだけが教会ではないということを、元修道士や侍たちの心の動きを通して語っています。もちろん飾りを捨て去れというだけの意味ではありません。象徴としてのこの「金殿玉楼の教会」を変えたくないのはいったい誰なのか、このことを考える必要があります。このような教会をこのまま維持しておきたいのは、はたしてヨーロッパ人なのでしょうか。

遠藤さんがフランス留学した当時、ヨーロッパの教会がそういう教会であったであろうことは想像がつきますが、今、私たちには考えるべきことがあると思います。これは教会や修道院の建物がぼろぼろになってしまえばよい、ということを言っているのではありません。サン・ピエトロ大聖堂もバチカン宮殿もすべて捨て去って、ローマのどこか郊外に幕屋でも建てて、そこで教会活動をしていればよいのだという考えも、私にはありません。しかし、たとえ美術的にもすばらしい価値のある教会堂を持っていたとしても、キリストの教会になるためには何が必要なのか、このことをいつも押さえなければならないのです。

組織論で言うなら、いちばん大事にしているものはいったい何なのかということを考えなければいけないと思います。なぜかと言えば、私たちがキリスト教を受容していくとき、ヨーロッパの雰囲気が教会から伝わってくるということのなかには、既にもう何のメッセージも見いだせないからです。私たちはもうそういうものを必要としていません。しかしそれは、ヨーロッパの文化的価値がなくなったということではありません。

私たちの生きる現代は、司馬遼太郎が描いた『坂の上の雲』のような、どんなことがあってもあの坂の上までたどり着くのだというような時代ではありません。今の若い人たちに、「上り坂を駆け上がる時代に生まれた人物のように生きろ」と言っても、そうはなりません。なぜなら、私たちがそうなっていないからです。人の関心は、本当に価値があるもの、本当に意味のあるものにしか向かっていかないという時がすでに来ています。そういうなかで「金殿玉楼の教会」のままでは困るのです。

先ほどからお話ししてきたように、例えば、この小説の時代である江戸期に、ノベスパニヤからたくさんのトウモロコシが大きな船に積まれて日本にやってくるルートを作ってくれるのが「金殿玉楼の教会」です。物質的なものだけではなく、それ以外のものでもそうです。しかし、そのような意味の文明のコミュニケーションツール、道具としての教会はもう終わったということです。

では、そこに何があるのか。そのあたりを西九助のことばから見てみましょう。

侍をはじめとする使節一行は、ノベスパニヤ、ヨーロッパの旅から帰国し、もとの暮しに戻りました。ヨーロッパで切支丹になって帰国したので、見張りがついて軟禁状態に置かれています。彼らが洗礼を受けたのは、ただ自分たちの役目を果たすためだけの理由であって、本心ではまったく苦痛でしかありませんでした。しかし帰ってみると藩という組織は、彼らを邪魔にしました。藩内に切支丹がいると自分たちよりも大きな組織、すなわち徳川幕府によって藩が取りつぶされてしまうので、キリスト信者になって帰ってきた人間は藩内に一人もいてはならない、侍たちはそんな状況に置かれたのです。

これは恐らく、サラリーマンなら一度や二度は経験することでしょう。「やれ」と言われたので、必死になってその通りにしていたら、いつの間にか梯子《はしご》を外されていた。そして、外したほうの人間は向こうのほうで偉くなっていて、さらに、「仕事が進まないのは、あいつのせいだ」と、上司に報告されるというような状況です。遠藤さんはこのように、現代のサラリーマンと重ね合わせて書いています。当時のサラリーマンである西のことばが紹介されます。

「世界は広うございました。しかし、私には、もう人間が信じられのうなりました」西九助の言葉を、囲炉裏の灰を見つめながら、侍は嚙《か》みしめる。「これからはな、目だたずにひっそりと生きていくことだ」石田さまのお言葉も彼は考える〈440〉。

彼らは目立ちたいと思って行動したわけではありません。任命され、「行け」と言われたので、それに従っただけです。そして、自分の力を使い切ってここまでやってきました。

そんななかで、侍はノベスパニヤで出会った元修道士が手渡してくれた紙束を手にし、彼のこと、そしてわが身のことに思いを巡らします。

世界は広かったが、結局、その広い世界でも、この谷戸と同じように人間は悲しみに潰されていた〈440〉。

侍は、聖書の物語が書きつけられているその紙束を読みながら、旅の宿舎の壁の上から自分を見下ろしていた男、イエスのことを思い出します。

福音書に見るイエスの心

では、この場面をイエスとの関係で考えてみましょう。これはマタイ20章の「ぶどう園の労働者」のたとえ話とも重なっていると思います。そこにはイエスの心が描かれています。そして、イエスの心は天地万物すべての人間をお造りになった神さまの心でもあり、その心をイエスはこのたとえで話されました。天の国というのは神さまの心、あるいは神さまのご計画という意味です。

天の国は次のようにたとえられる。ある家の主人が、ぶどう園で働く労働者を雇うために、夜明けに出かけて行った。主人は、一日につき一デナリオンの約束で、労働者をぶどう園に送った。また、九時ごろ行ってみると、何もしないで広場に立っている人々がいたので、「あなたたちもぶどう園に行きなさい。ふさわしい賃金を払ってやろう」と言った。それで、その人たちは出かけて行った。主人は、十二時ごろと三時ごろにまた出て行き、同じようにした。五時ごろにも行ってみると、ほかの人々が立っていたので、「なぜ何もしないで一日中ここに立っているのか」と尋ねると、彼らは、「だれも雇ってくれないのです」と言った。主人は彼らに、「あなたたちもぶどう園に行きなさい」と言った。夕方になって、ぶどう園の主人は監督に、「労働者たちを呼んで、最後に来た者から始めて、最初に来た者まで順に賃金を払ってやりなさい」と言った。そこで、五時ごろに雇われた人たちが来て、一デナリオンずつ受け取った（マタイ20・1－9）。

これは皆さまがよくご存じの話です。この主人は世界を創造された父なる神さまを表していますが、その父は監督に「最後に来た者から始めて」と言い、最初の人から賃金を払

えとは言いませんでした。「最後に来た者」、つまり夕方五時に雇われた人たちを優先して
ということも一つの解釈としてはよいでしょう。
しかし、もしも最初に来た人たちから配ったらどういうことになるでしょうか。夜明けに雇われた最初の人たちは一デナリオンで契約したので、監督はその金額を渡します。すると、お金を受け取ったこの人たちは、もうこのぶどう園から出ていってしまいます。その人たちがいなくなり、次の人がもらいます。そして最後に、夕方五時ごろに来た人が同じく一デナリオンもらいます。夕方五時では、もうだれも雇ってくれません。そのときに広場に立っていたのは、からだの不自由な人、あるいはもう年をとって働くのはなかなか難しいというような人たちだったでしょう。その人たちが雇われ、そして一時間くらい働いてお金をもらいますが、その人たちが一デナリオンを受け取ったことを見ている人はいません。
そうすると、神さまのみ心というのはだれにもわかりません。みんなの目の前で、いちばん最後の人にお金を渡すことによって、いちばん最初に雇われた人の心のなかに葛藤が起こってきます。この葛藤が起こるということは大切です。最初に雇われた人たちが、「何でこんな、ろくに働きもしなかった人間に、自分たちと同じ額の賃金を渡すのか」と

思い始めたとき、つまりこの葛藤があるがゆえに初めて、この人たちが新しい価値観へと歩みを進めることができます。そしてそれが人間社会におけるテーマなのです。だからイエスはこの話のなかで、「最後に来た者から始めて、最初に来た者まで順に賃金を払ってやりなさい」と言ったのです。

もう一つ、同じマタイ20章20節から「ゼベダイの子らの母の願い」という話を見てみましょう。まもなくイエスはエルサレムに入城し、受難が始まっていくという状況下のことです。

そのとき、ゼベダイの息子たちの母が、その二人の息子と一緒にイエスのところに来て、ひれ伏し、何かを願おうとした。イエスが、「何が望みか」と言われると、彼女は言った。「王座にお着きになるとき、この二人の息子が、一人はあなたの右に、もう一人は左に座れるとおっしゃってください」。イエスはお答えになった。「あなたがたは、自分が何を願っているか、分かっていない。このわたしが飲もうとしている杯を飲むことができるか」（同20・20－22）

これを聞いて、他の十人はこの二人の兄弟に腹を立てました。イエスは一同を呼び寄せて言いました。

あなたがたも知っているように、異邦人の間では支配者たちが民を支配し、偉い人たちが権力を振るっている。しかし、あなたがたの間では、そうであってはならない。あなたがたの中で偉くなりたい者は、皆に仕える者になり、いちばん上になりたい者は、皆の僕《しもべ》になりなさい（同20・25－27）。

この当時、世界のさまざまな民族にそれぞれ神がいましたが、ここに出てくる「異邦人」とは「神が愛である」ということを知らない人たちのことです。また「偉くなりたい者は」とは、「マリアさまのように神さまの協力者になりたい者は」という意味です。マリアさまはお告げの場面で、救い主のお母さんになってくださいと神さまから頼まれていろいろと考えました。そして神さまとやりとりしたあと、彼女はまったく自由に自分の召命を見出します。

人間は神さまの協力者です。だからマリアさまは、「わたしは主のはしためです。お言葉どおり、この身に成りますように」（ルカ1・38）と答えました。そういう意味で、「偉い者」、あるいは「いちばん上の者」になるとは、神さまの協力者、神さまがいちばん使いやすい者になっていくということです。ですからイエスは、「みんなの奴隷になりなさい」とおっしゃったのです。僕《しもべ》や奴隷とは、「主のはしため」と同じです。それと同じく、人の子イエスが来たのも、仕えられるためではなく、仕えるためであり、また多くの人のあがないとして自分の命を与えるためであると、福音のなかで述べられています（マタイ20・28）。

生活の同伴者と人生の同伴者

そこで、話を『侍』に戻しましょう。先ほどの「世界は広うございました。しかし、私には、もう人間が信じられのうなりました」という西のことばは、彼だけのものではありません。それは侍自身のことばであり、そして一九八〇年当時、もはや世界のどこからも学ぶ必要はないとまで息巻いていた日本のなかで、徹底的にこき使われていったサラリーマンたちのことばでもあるわけです。「私には、もう人間が信じられのうなりました」。それに対して神はどういう方なのか、どういう方が私たちを支えてくれているのだろうかということを、遠藤さんは語ります。

ここで小さいときから侍に仕えてきた与蔵についての記述があります。彼は侍と一緒にヨーロッパまで行き、同じく向こうで洗礼を受けました。その彼が、ともに郷里に帰ってきて黙々と働いている様子を描く文章のなかに大切なことばが出てきます。ここの「彼」とは与蔵のことです。

だが侍は彼だけが自分の哀《かな》しみを誰よりも――妻のりくよりも――知っているという気がした〈443〉。

この「知っているという気がした」とは、侍が与蔵にそれを確かめたわけではないということです。恐らくこのときすでに、侍はこれからの自らの運命については薄々わかっていたのでしょう。彼はそういうなかで日々を過ごしていました。

ここで遠藤さんが言いたいことは、私たちには「生活の同伴者」と「人生の同伴者」の両方が存在するということです。「生活」と「人生」とは違うというのが遠藤さんの根本的な主張で、これはいろいろなところで書き残しています。

侍にとっての生活の同伴者はりくという妻であり、人生の同伴者は与蔵です。何も生活の同伴者と人生の同伴者が同一人物である必要はありませんし、この二つの役割を一人に担わせる必要もありません。この二つの同伴者がいて、私たちの生は成り立っているのです。

ここで何が言いたいのかというと、この時点において、遠藤さんは人生の同伴者としての与蔵のなかに、それまで自分が描いてきた同伴者イエスを見ようとしています。しかし、それはこの小説のなかで大きく発展していきます。これまでは何もしてくれないけれど一緒にいてくれるというただの同伴者、それだけでよいのだというような書き方をしてきました。それが神であり、イエスだということが遠藤周作のとらえ方ですが、この小説で大きく変わっていくのです。それについては次章で見ていくことにいたしましょう。

6　しらどり

白い鳥が表すもの

この小説のなかでは「白い鳥」を意味する「しらどり」ということばが何度も出てきて、象徴的に描かれています。「しらどり」が最後に出てくる場面をもとに、それがこの小説のなかでどういう意味であったのかを考えていきましょう。

「秋じまい」と言われる、冬を前にした最後の仕事が片づいたある日、侍は郷里である谷戸《やと》の空に白い影が舞っているのを見ます。

旅の間、この大きな白い鳥の舞うのを幾度となく彼は夢にみた。

その翌日、侍は与蔵を連れ、城山の麓《ふもと》の沼まで山路《やまみち》をのぼった。（略）沼まで近づくと、四、五羽の小鴨《こがも》が飛びたった。

すべて夢で見たものと同じ光景だった。（略）

しらどりはそれら群小の鳥とは別に沼の奥で悠々と泳いでいた。（略）

鳥たちがどこから来たのか、なぜ、こんな小さな沼を長い冬の居場所として選んだのかわからぬが、旅の途中、力つきて飢え、死んだのもいるのだろう。

「この鳥も」侍は眼をしばたたいて呟《つぶや》いた。「ひろい海を渡り、あまたの国を見たのであろうな」

与蔵は両手を膝《ひざ》の上に組みあわせ、水面をみつめていた。

「思えば……長い旅であった」

言葉はそれで途切れた。この言葉を呟いた時、侍はもう与蔵に何も言うべきことはないように思えた。辛《つら》かったのは旅だけではなかった。自分の過去も、与蔵の過去も、同じように辛い人生の連続だったと侍は言いたかった〈444－445〉。

ここに、それまでも何度も出てきた白い鳥が象徴的に現れてきます。印象的なのは、この鳥たちがどこから来たのか、なぜこんな小さな沼を居場所として選んだのかわからないということです。この白い鳥は、おそらくは人間一人ひとりのあり方、そしてその人間が一人ひとりどこから来たのか、そしてなぜその人のその場が、その人の居場所になったのかということを重ね合わせていると思います。

あなたの人生を思ってみてください。なぜこの人を伴侶としてともに生き、この家で生活してきたのでしょうか。これまでさまざまなことがあったでしょう。ある人は子どもたちを授かり、育て、やがて子どもたちが去っていったでしょう。この鳥で言うならば、沼はたくさんあるし、もっと大きな湖もあるなかで、谷戸というさびれた地の裏山の小さな沼をどうして自分の住みかにしたのか、それはわかりません。

「旅の途中、力つきて飢え、死んだのもいるのだろう」。侍にしても、与蔵にしても、そういうなかで自分たちは何はともあれ、数年間にわたる旅を経験するような者として生きてしまった。自分で選んだわけでもなく、自分で仕組んだわけでもなく、そのような旅が自分に課せられたのです。そしてそれを生きた、ということではないかと思います。

そうすると、この白い鳥とは人間、あるいは人間の人生の象徴であり、そして本来の人間のありよう――それは神さまの前で立派な人間であるという意味ではありません――を表しているのではないでしょうか。つまり、人間とは、この白い鳥のような存在ではないかという話をしているわけです。この小説においては、白い鳥、侍、与蔵が一つの線で結ばれ、それが人間の普遍的な姿を表しているという語り口ではないかと思います。

肉と霊

聖書を開くと、ユダヤ人の議員であり、ファリサイ派に属するニコデモに対して、イエスはこう語っています。

肉から生まれたものは肉である。霊から生まれたものは霊である。「あなたがたは新たに生まれねばならない」とあなたに言ったことに、驚いてはならない。風は思いのままに吹く。あなたはその音を聞いても、それがどこから来て、どこへ行くかを知らない。霊から生まれた者も皆そのとおりである（ヨハネ3・6－8）。

ここでは、「霊から生まれたもの」に対比して「肉から生まれたもの」があります。この「肉から生まれたもの」というのは、「私が、私が」と言いながら生きていくという意味です。私がこうなりたい、私がこうでなければ絶対に嫌、私がこういうポジションを占めなければ私の人生は失敗なので、その居場所にいる人を追い出して自分がそこを奪い取るという、いわば陣地合戦のようなことをやっている。そんなところに「肉から生まれたもの」が存在していると思います。「肉」とは単に肉体的、あるいは動物としての限界を意味しているのではありません。それは、神さまの視点から見ればはかないことに、自分の一生を使い果たしてしまうような生き方ということになるのでしょう。

では、対比されなければならないものは何なのでしょうか。「霊から生まれたものは霊である」とありますが、聖書、そして福音書全体で言われているのは、イエスのような生き方です。これは明らかだと思います。

そして霊に息吹かれた者の代表であるマリアさまが、人間の代表として描かれています。すなわち、神が天使ガブリエルを通して、人間であるマリアさまに、「救い主のお母さんになってください」と頼みました。しかし、神さまにとって、こんなにあやふやなことはありません。マリアさまが「はい」と言わない可能性もあるからです。ですから、私たちの目から見たならば、これは当てにならないし先がわからない、最も危険なやり方なのです。マリアさまのおなかに神の子が宿ったとしても、ベツレヘムへの旅の間に流産してしまうかもしれません。その証拠に、ベツレヘムにいるうちにマリアさまは産気づいてしまいました。故郷に戻ってお産をするなら、近くにはマリアさまのお母さんだっていたでしょうし、近所の人もたくさんいて安全にお産ができるのに、そうはいかなかったのです。

しかし神さまは、私たち人間の目から見たなら非常に危ういところを通ってご自分の計画を実現していかれます。そしてそのイエスは、聖霊によってマリアさまに宿ったのですが、その霊によってやってきたその方は、最後には十字架につけられて死んでいくという、私たちからするならば非常にはかない、確固たるものとはとても言えないような生き方をなさいました。そのことを「霊から生まれたものは霊である」と言い表しているのです。

神の計画と侍たち

『侍』の話に戻りましょう。神の御子の人間世界への派遣ということを、東北の藩の小さな港からノベスパニヤ（メキシコ）やエスパニヤ（スペイン）に向けて派遣されていく侍たちに置き換えてみたとき、これらは同じことだと言えないでしょうか。

おとめマリアを通して、神のひとり子を人間としてこの地上に遣わそうというのが御父の計画です。侍たちは藩内で選ばれ、船に乗ってノベスパニヤに出かけていきました。出発のときには皆から評価され、期待されましたが、帰ってきたときには、「ああ、自分はあんなことだけはしなくてよかった」とまわりの人が思うような状況に放りこまれてしまいました。

イエスの場合も同じです。神のひとり子が神さまのもとから遣わされて地上にやってきましたが、最後は十字架につけられて死ぬという運命をたどり、やはり人々からは、「自分はあの人みたいにしなくてよかった」と言われるようになるのです。そこが先ほどの「肉の人」「肉の面」であり、「肉から生まれたものは肉であり、霊から生まれたものは霊である」ということなのです。

霊は思いのままに吹きます。それがどこから来て、どこに行くか、私たちは知りません。イエスは、「霊から生まれた者は皆そのとおりである」と言っています。これはイエスが語っていることばですが、イエス自身のことでもあります。この記述はヨハネ福音書の記者が「霊」についての一般論を語っているのではなく、彼がイエスを見て、霊が何をし、どう働くのかということを言っているのです。

侍は、鳥たちがどこから来たのか、なぜこんな小さな沼を長い冬の居場所として選んだのか、わからないと言っています。また自分がどうしてこういうところで生きることになったのか、それもわからないのです。しかし、それを書いている遠藤さんは、霊は思いのままに吹くということを、霊の人と肉の人の対比の中で描いています。

五嶋みどりさんの経験

私たちがかなり綿密に人生設計をしたとして、はたしてその通りにいくでしょうか。もちろん設計するのはいいのです。例えば、わが子にはピアノに関して人並み外れた才能があるので将来ピアニストにしようと、三歳くらいからものすごく練習をさせるのもいいでしょう。しかし、そのようにしたところでどうなっていくかはわかりません。

先日、NHKテレビで五嶋みどりさんというバイオリニストについての番組が放映されました。彼女は十歳くらいでアメリカに留学しましたが、そこでは天才少女として迎え入れられ、音楽学校はすばらしい成績で卒業したそうです。大きなコンクールで優勝もして、やがて時代の寵児《ちょうじ》になっていきました。しかし、そのようななかで彼女はうつ病にかかり、何もできなくなってしまったと言います。そうしたときに彼女は、音楽ではない、今までとは違った分野の勉強をしようと思い、アメリカの大学で心理学の勉強を始めます。そこで彼女は自分の人生の幅を広げていったのです。現在、彼女が取り組んでいるのは知的障害や身体障害を持つ人たちと一緒に演奏するということです。これは大変に手間がかかることですが、そういう人たちと一緒に演奏し、いろいろなところでコンサートを開催するなかで、自分のいのちと生きがいを回復していったという内容でした。

みどりさんのお母さんは、ご自身相当バイオリンが弾けた方で、小さいときから彼女に期待して環境を整えていたそうです。しかし、お母さんにしてもみどりさんにしても、四十代になったときに彼女がこういう歩みをしているということを、十代や二十代のころには想像もしなかったでしょう。

それが、霊は思いのままに吹くということではないでしょうか。彼女が、どこかのコンクールですばらしい賞を取るということも神さまの望みかもしれませんし、本人の並々ならぬ努力によって達成できたことかもしれません。ところが、ある日突然に前と同じように続けていくことができなくなりました。でも、そのような「小さな沼」がまた新たな出発点になっていくのです。そのときは、「なぜ、こんなに一生懸命練習したのに弾けなくなってしまったのだろう」と悩んだと思います。たくさんのチャンスがあり、たくさんの演奏会やCDの録音の契約があるのに、自分はそれを今断念しなければならない。きっと、大変な不幸に陥ったと思ったことでしょう。しかし、そこをまた出発点にしてくれる小さな沼がありました。霊は思いのままに吹くのです。

今生きている場所

侍には、白い鳥がどこから来たのか、なぜ、こんな小さな沼を長い冬の居場所として選んだのかわかりません。しかしここでは、「人間の目で見るとわからない」と言っているのではないかと思います。

「俺は形ばかりで切支丹《キリシタン》になったと思うてきた。今でもその気持は変らぬ。だが御政道の何かを知ってから、時折、あの男のことを考える。（略）人間の心のどこかには、生涯、共にいてくれるもの、裏切らぬもの、離れぬものを——たとえ、それが病みほうけた犬でもいい——求める願いがあるのだな。あの男は人間にとってそのようなあわれな犬になってくれたのだ」〈446〉

侍は与蔵にこう言い、メキシコで会ったあの元修道士がくれた紙に書いてあったことばを思い出します。そこには「おのれは人に仕えるためにこの世に生れしぞ」とあり、それがここで「犬」ということばで表現されています。生涯ともにいてくれる犬です。

> あまたの国を歩いた。大きな海も横切った。それなのに結局、自分が戻ってきたのは土地が痩せ、貧しい村しかないここだという実感が今更のように胸にこみあげてくる。それでいいのだと侍は思う。ひろい世界、あまたの国、大きな海。だが人間はどこでも変りなかった。どこにも争いがあり、駆引きや術策が働いていた。それは殿のお城のなかでもベラスコたちの生きる宗門世界でも同じだった。侍は自分が見たのは、あまたの土地、あまたの国、あまたの町ではなく、結局は人間のどうにもならぬ宿業《しゅくごう》だと思った。そしてその人間の宿業の上にあのやせこけた醜い男が手足を釘づけにされて首を垂れていた〈４４７－４４８〉。

自分の見たものはこれだったのだと侍は語っています。彼は「沼地、泥沼」、すなわち人間の宿業、どうしようもないもの。カトリック的に言うなら「罪」、あるいは「原罪」です。この人間の罪の上に十字架にはりつけられて首をうな垂れているイエスがいました。

このあわれな谷戸とひろい世界とはどこが違うのだろう。谷戸は世界であり、自分たちなのだと侍は与蔵に語りたかったが、うまく言えなかった〈448〉。

侍にとって谷戸は世界であり、自分が今生きているこの場所はそのままで世界中を表している。これは、世界のどこに行っても人は同じところで苦しんでいるということでしょう。広大な世界から見るなら、東北の藩は日本のなかの一地方にすぎません。そして侍の戻ってきた谷戸という地は、まるで日本のなかの一つの沼のようなところです。しかし、そこもまた世界と同じなのだということを言おうとしています。侍は、この谷戸に縛りつけられていると感じています。しかし遠藤さんは、ここが彼にとっての最後の地ではないと言いたいのでしょう。思いもよらぬあり方で、侍は谷戸を出て行くことになるということを訴えたいのです。

見知らぬ国へ

侍は上役から供を連れて館に来るよう言われ、そこでさらに、切支丹になった彼への取り調べのため評定所に行くよう申し付けられます。

「雪が屋根できしみ、また滑り落ちた。その音は侍に帆綱の軋《きし》む音を思い出させた」とあります。航海のなかで帆を張ると、そこについている縄が風に吹かれて軋みます。雪が屋根にたくさん積もっているので材木が同じような音を立てている、そんな凍《い》てついた静かな世界です。

帆綱が軋み、白い海猫が鋭い声をあげて飛びかい、波が船腹にぶつかり、大きな海に向って出帆したあの瞬間、あの瞬間から運命はこうなると決っていた。長い旅は彼を今、運ぶところまで運ぼうとしている。（略）

侍は屋根のむこうに雪が舞うのを見た。舞う雪はあの谷戸のしらどりのように思えた。遠い国から谷戸に来て、また遠い国に去る渡り鳥。あまたの国、あまたの町を見た鳥。あれが彼だった。そして今、彼はまだ知らぬ別の国に……〈478－479〉。

雪、そしてしらどりが出てきて、これらが象徴的に使われています。そのしらどりが今、雪のように何も遮られることなく解放されて、空に舞っていくことを表現しています。ここでも遠藤さんは一人ひとりの普遍的な召命について語ります。私たち一人ひとりもイエスと同じように、遠い国からここにやってきました。私たちは、この二十一世紀前半の日本という小さな場所で生きることを自分で選んだのではなく、神さまによって遠い国からここに派遣されてきたのです。これは、「人間のキリスト教的な召命」と言い換えることもできるでしょう。「私たちは、神さまのみ心において計画されてこの地上へとやってきた。そして、遠いあまたの国、あまたの町を見て去っていくこの鳥もまた、私たちなのだ」。遠藤さんはそう言っているのではないかと思います。

そして最後に、大仕事が残っています。人間一人ひとりはまだ知らぬ別の国へ旅立っていく存在です。あの渡り鳥のように、冬の間にだけある沼にいて飛び立ち、また来年その沼にやってくるというものではなく、どんなに世界中を旅しても、ある意味では、ずっと自分の生きる環境のなかに、縛りつけられています。例えば、皆さまのなかには親の面倒を見ながらお連れ合いを支え、子どもを育てて、嫁いだときから同じ家に住んでいる方もいらっしゃるでしょう。他方、それこそ毎週のように飛行機で世界中を飛び回って仕事をしている方もいるでしょう。でも、いずれの場合も、小さな沼のなかにいるのです。

誰しも平等に、一日は二十四時間しか与えられていませんし、誰しも五百歳も千歳も生きられるわけではありません。専業主婦も、あるいは世界各地を飛行機で飛び回り、いくつもの外国語を駆使してビッグビジネスをやり遂げる人も、やはりせいぜい百歳くらいまでしか生きられません。つまり、同じ場所、そして同じ経済状況のなかに縛りつけられたように生きた人も、あるいは世界中を飛び回った人も、結局は同じ世界しか見ていないのです。

しかし遠藤さんは、それで終わりではなく、まだ知らぬ別の国へと旅立つ仕事が残っているのだと言います。そしてここからは非常に印象的なところです。すなわち、「ここからは……あの方がお供なされます」という、与蔵の有名なことばが出てきます。これは『侍』という小説といえば、皆さんここを思い出すことばです。

仕える神

しかし、大切なのはそれに続く次の一文です。

突然、背後で与蔵の引きしぼるような声が聞えた〈479〉。

与蔵は、この長い物語のなかで、一度も大きな声で話したことはありませんでした。与蔵という人はいつもつぶやくようにしか話しませんし、しかもそのことばは短いものです。

その与蔵が突然、引きしぼるような声で、つまり確信を持った声で叫ぶのです。

これは与蔵のなかのキリストへの信仰、帰依がまことのものだということを開示する場面です。まったくぶれのない確信として、彼の内なることばが発せられます。そして彼は、もう一度言います。一度目の「お供なされます」とは同伴しますということですが、遠藤さんはそれを言い換えます。「ここからは……あの方が、お仕えなされます」。ただ供をするのではない、ただの同伴者ではないと、遠藤さんはここの場面で書き始めています。

キリスト教界においては、遠藤周作は今でも「同伴者イエス」を書いた作家だと言われています。これはもう遠藤さんのキャッチフレーズのようになっています。しかし、よく味わってみましょう。例えば『わたしが・棄てた・女』（一九六四年）という小説がありますが、そのなかでイエスは、ミツという一人の女性として登場してきます。この女性は既に死んでしまっているのですが、彼女が吉岡という一人の男性の人生に常に同伴していきます。しかし吉岡にとっては、そんなことは迷惑で、ミツなど別にいてくれなくても構わないと思っています。それでも彼女は彼に同伴し続けているという形で話が進んでいきますが、最後に吉岡は、ミツが事故で死んでしまったということを聞かされます。それこそ彼には生活の同伴者として妻がいますが、人生の同伴者、そして人生に仕えてくる者としてミツが現れてくるのです。今まで全然記憶の片隅にもいなかった一人の女性が、そこから先の彼の人生を導き続け、彼にこの女性のことを「聖女」だと断言させるのです。

遠藤さんは初めから「同伴者イエス」とは書いていません。多くの人は、遠藤さんが書くイエスとは、何もできず無力な存在でありながら、そばにいて決して離れない存在、言わば侍が言い表した「犬」のようなイメージを持っています。他方、教会には、イエスという神は三位一体の第二のペルソナで、三位一体の神を通して常にこの世界に働きかけている力強い神であるという神学的説明があります。遠藤さんが書くミツのような弱い女性や、ここに出てくる与蔵の姿のなかには、力強さがまったく見えません。しかし彼らを、言わばベラスコ神父のように世界を変えていこうとする存在に対置しながら描く遠藤さんが本当に言いたいのは、神はミツや与蔵のようなあり方で働くのではないかということです。

これは「神の仕え方」という問題です。それはベラスコ神父が世界を変容していこうとして突き進んでいくようなあり方で、神が働くのではないということです。別の言い方をするならば、力強い近代西洋文明――蒸気機関から始まって巨大な機械が動き、電気でモーターを回し、今では原子力でタービンを回して潜水艦から発電所のすべてが作動する――が世界を変えていくように、神が働くのではないということを言おうとしています。ですから、与蔵は最初に「ここからは……あの方がお供なされます」と言いますが、その後で「ここからは……あの方が、お仕えなされます」と言い直すのです。ここからは供をするだけではない、ただの同伴者ではないイエスを遠藤さんははっきり書きました。それは、神は働きだということを意味しています。侍は、「そう、あの男は共にいてくれる犬になってくれたのだ」と言いますが、ともに歩くと同時に仕えてくれる存在になったということです。ノベスパニヤで会った元修道士のイエス理解は、同伴者、何もできないけれどともに歩いてくれる神でした。

もう一つ、遠藤さんは母性的な神を描くとよく言われます。つまり、遠藤文学で描かれる神のイメージは、何もできないお母さんだけれど、そばにいてくれることで力を引き出してくれる存在と言われます。しかし、それだけではありません。「ここからは……あの方が、お仕えなされます」という与蔵のことばに続く次の一文を見てみましょう。

侍はたちどまり、ふりかえって大きくうなずいた。そして黒光りするつめたい廊下を、彼の旅の終りに向って進んでいった〈479〉。

ここで与蔵に対して「大きくうなずいた」ということばに注目してください。これは与蔵が伝えようとした、「仕える者であるイエス」に対して大きくうなずいたという描写です。侍が立ち止まって大きくうなずくというこの行為のなかで働きかけているイエス、神がおられるわけです。そして彼は旅の終わりに向かって、自分の確信を持って進んでいきました。神に仕えてもらいながら、それぞれの旅の終わりに向かって歩む人間たち。ここは神の真実と人間の真実が出会う場面と言ってもよいと思います。人間が旅の終わりに向かって歩んでいけるように仕える神、人間の生を導く神がここに現れてきました。

十字架

ここで、私たちが神さまと呼んでいる方が何に仕えるのかということをはっきりさせておきましょう。それは、一人ひとりの人生に仕えていく神だと思います。そのことをイエスとの関係で見ていくために、マルコ福音書15章20節を見てみます。ここから十字架の道行きが始まっていきます。

兵士たちはイエスに紫の服を着せ、いばらの冠をかぶらせてなぶりものにした後、また元の服を着せて、十字架につけるために連れ出しました。そこへシモンというキレネ人が通りかかって、無理やりにイエスの十字架を担がされたという話が続きます。こうして彼らはイエスをゴルゴタというところへ連れていきます。ローマの兵士たちは没薬《もつやく》を混ぜたぶどう酒をイエスに飲ませようとしますが、イエスはお受けになりませんでした。それから彼らはイエスを十字架につけ、誰がどの服を取るかをくじで決めて、分け合ったとあります。

ここにあるのはご受難の場面に出てくるさまざまな記述ですが、これは徹底的に尊厳をはぎ取られていく人間の姿です。これはまた同時に侍の姿でもあるし、ここにおられる方も、また皆さまのご家族の方も人は皆、一度はこんなところを歩いてきているのです。そして午前九時ごろになると、イエスは十字架につけられます。その罪状書きには「ユダヤ人の王」と書かれています。イエスとともに二人の強盗も左右の十字架につけられています。

十字架刑とは何でしょうか。ただ殺人で死刑の判決を受けてつけられるというものではありません。当時は、誰かを殺したとか、誰かのお金を盗んでしまったというようなことであれば十字架につけられることはありません。十字架刑というのはローマ皇帝への反逆罪に対して、「絶対にこういうことをやるな」という見せしめのために科されるのです。これはローマ皇帝の権威を上げていくためのものでもあり、同時に人々を黙らせ、抑えつけていくための手段でもありました。イエスは、そこに追いやられたのではないかと思います。

侍の運命も十字架につけられたようなものではないでしょうか。彼の属する藩は一つの支配組織ですが、その上にはローマ皇帝に匹敵するような徳川幕府があります。この藩には、自らが命じてメキシコ、そしてスペインに派遣したこの男を救ってやりたいと思ってもどうにもすることができず、さらに、この男を生かしておいたなら藩まで取りつぶされる境遇にも置かれています。そのような恐怖心から、一人の人間に死んでもらおうという結論になったのでしょう。遠藤さんは、これをイエスの受難の場面に重ねています。そのような意味で、遠藤さんはいわば聖書の解説書を書いているのです。

イエスの受難の場面に通りがかった人々は、頭を振りながらののしって言いました。

「おやおや、神殿を打ち倒し、三日で建てる者、十字架から降りて自分を救ってみろ」。同じように、祭司長たちも律法学者たちと一緒になって、代わる代わるイエスを侮辱して言った。「他人は救ったのに、自分は救えない。メシア、イスラエルの王、今すぐ十字架から降りるがいい。それを見たら、信じてやろう」(マルコ15・29-32)

また、ともに十字架につけられた者たちもイエスをののしります。通りがかった人、支配階級にある祭司たち、そして一緒に十字架にかけられて今死んでいく罪人という、ありとあらゆる人から侮辱されるという情景、すなわち、徹底的に剝奪されていくイエスの姿が描かれています。

次の34節には、イエスの最後のことばが書かれています。午後三時ごろ、イエスは大声で「エロイ、エロイ、レマ、サバクタニ」と叫ばれました。それは「わが神、わが神、なぜわたしをお見捨てになったのですか」という意味です。近くにいた人たちは「エリヤを呼んでいる」など、いろいろ言うなかで、イエスは大声を出して息を引き取られました。

大切なのは次です。39節でイエスに向かって立っていた百人隊長は、イエスがこのように息を引き取られたのを見て、「本当に、この人は神の子だった」と言いました。この地上で最初にイエスを「神の子」と宣言したのは、この信仰のない、聖書を知らない、ローマからユダヤの地にやってきた百人隊長なのです。父のひとり子として、おとめマリアを通して地上に遣わされたイエスの使命は、神さまがどういう方であるのかということを人々に告げるということでした。それがこのような形で成し遂げられていったのです。イエスが大声を上げて死んでいったその姿を正面から見ていたローマの百人隊長が、「本当に、この人は神の子だった」と表現します。これによってアブラハム以来のすべての人に神を告げるという約束が果たされていったと、このマルコ福音書は語るのです。

最後の者

『侍』の最後の場面に戻れば、このようなイエスが侍に仕えているのです。そして遠藤さんは、与蔵を通して同伴者イエスを描きつつ、同伴することのまことの意味を解き明かしていきました。侍に仕える与蔵の信仰を通して働く、仕えるイエスによって救われていく侍の姿を描き切ったわけです。

先ほど一緒に読んだぶどう園の労働者の話を思い出してください。早朝から始まって、次々に労働者が雇われますが、夕方五時ごろになって雇われた人もいたという話でした。イエスはそこで、雇い主が父なる神さまであることを伝えようとしていますが、その父は言います。「わたしはこの最後の者にも、あなたと同じように支払ってやりたいのだ」（マ

タイ20・14）

マタイ福音記者は何を思って、この「最後の者」と書いたのでしょうか。イエスがそのたとえ話を話したという形になっていますが、これを書いた福音記者は、十字架につけられたイエスのことを思って、「最後の者」と書いたのだと思います。「最後の者」とは、取るに足らない人、何の役にも立たなかった人、すべての人から見向きもされないで捨てられていった人です。そんな人にも同じように賃金を支払いたい父が、イエスの復活を通して語り、それが証しされたということを、あのぶどう園の労働者の話のなかで表しているのです。そのような形で仕えるイエスが、どういうところで仕えようとしているのかを明らかにしていったのが、この『侍』という小説ではないかと思います。

前章で日本がキリスト教と関わってきた五つの時を見ました。その四つ目とはこの小説が出版された一九八〇年、バブル経済前夜でもはや西洋のキリスト教文明を模倣しなくてもやっていけるようになったときのことでした。日本にとって西洋もキリスト教ももう不要なものとなりました。そして五つ目はキリスト教がなくとも世界は回っていくグローバル世界です。そのような状況のなかで、キリスト教はどこで働くのか。今、それをはっきりさせなければいけないと思います。そうしないと教会の宣教ということもおぼつかなくなるでしょう。これは、遠藤さんが言ったことではなく、私が考えたことです。しかし、きっとそういうことも含めて、この作品を書かれたのではないかと推測するのです。

7　『侍』とリジューの聖テレーズとの比較

それでは最後に、遠藤周作が書いた『侍』とリジューの聖テレーズを比較していきたいと思います。

キリスト教を正確に伝えた人

リジューの聖テレーズと遠藤さんのいちばんの共通点は、キリスト教を正確に伝えたということだろうと思います。その点でリジューの聖テレーズはとても高く評価されていますが、遠藤さんのほうはあまりそのように言われていないように感じます。こんなにキリスト教を表現しつくしているのに、それほどよく理解されていないことは、とても残念なことです。実際、教会はキリスト教について、神学的に語ると受け入れてくれますが、小説や音楽などで表現しても、それほど受け入れてはくれないところがあるようです。

私の、今年の仕事始めは、東京教区の修道女連盟の会合で話をしたことでした。そのときに資料として渡された『喜びに生きる』という小さな冊子はフランシスコ教皇のさまざまな発言をまとめたものでしたが、そのなかで教皇が何度も同じことばを繰り返していたことが印象的でした。教皇は福音を伝えていくということを語るなかで、「神学論文のようではなく」と何十回も言っているのです。

そういった意味で、遠藤周作という人はキリスト教を伝えるために新しい、自分の持っているカリスマを存分に発揮した人だったということが、彼の作品をお読みになっておわかりになられたのではないでしょうか。

遠藤さんは、キリスト教が扱う一つのテーマ、例えば「貧しさ」ということだけを語るのではなくて、キリスト教の本質は何なのかということをちゃんと伝えています。しかも、それが教会の〝御用文学者〟としてではなく、ごく一般の人々が受け入れられるような小説の書き手として作品を刊行しています。ですから、キリスト教を宣伝するために書こうという意図はまったくないにもかかわらず、彼が書くとそのなかにキリスト教の本質というものがきちんと現れるのです。

カトリックの神父さまたちが、キリスト教とはこういうものですと書かれた文章はたくさんあります。その多くは、現代社会のある事柄を取り上げ、それを聖書と照らし合わせて説明していて、言わばキリスト教の論理で現代社会を解釈しているというようなものです。私の講義もその程度のものという気がしますが、遠藤さんはそうではありません。まったくのゼロから石を積み上げるように、自分で構想を練って書いていき、結局その内容が聖書をくっきりと表すようになっていってしまうのです。皆さまもそれに気づいてくだされば、これまでご一緒にこの作品を読んできたかいがあると思っています。

「ごく小さい者は、私に来るように」

リジューの聖テレーズと遠藤周作を比較していくにあたって、まず短くリジューの聖テレーズについてお話ししてみましょう。コングレガシオン・ド・ノートルダム修道会の菊地多嘉子さんが書かれた『リジュのテレーズ』という本がありますので、そこから少し紹介しておきましょう。

この本で紹介されている手紙はテレーズが二十一歳のころ、すでに六年間カルメル会で修道生活を送っていたころに書かれたものです。そこにセリーヌというお姉さんが修道女として入ってきます。一八九四年のことです。そのときに姉が持ってきた荷物のなかに小さな一冊の手帳が入っていました。そこには旧約聖書から抜粋した聖句が書きこんでありました。

ある年齢以上の方はご存知かもしれませんが、かつてカトリック教会は信徒が間違って解釈すると困るという理由で、聖書を勝手に読むことを禁じていました。十九世紀はまさにはそういう状況でしたので、姉のセリーヌは、何カ所か自分が好きなところを書き取ってきたのです。

当然、十九世紀のカルメル会では、旧約聖書を自由に手に取って読むことが許されなかったので、この手書きのノートはテレーズにとってまさに宝物でした。テレーズは手帳に記されている聖句を全身全霊で読み、これに聴き入り、探究し続けました。そして聖霊に照らされて、神の心に触れる恵みが与えられたのはこのときでした。

一八九五年、姉のセリーヌが入会してきた次の年、小さな手帳を祈りながら読んでいると、次のことばがテレーズの目に留まりました。「ごく小さい者は、私に来るように」という箴言《しんげん》のことばです（9章4節参照）。ちなみにかつて、『小さきものよ、われに来たれ』をいうタイトルの本が出ていましたが、これはあらゆるキリスト教の基礎が書いてあるすごい本です（リアグル神父著、ドン・ボスコ社、現在は絶版）。テレーズはその書名になっている聖句に触れ、これこそ真理なのだということに気がつくのです。

ここでテレーズは、神さまは何をしようとなさる方なのかということを考え、イザヤの預言にその答えを見出していきます。どうして「小さい者は、私のところに来い」とわざわざ言うのだろうか。テレーズはこれまで立派な人が神さまのところに行くと考えていました。当然のことですが、当時の世界中の教会もまた、立派な生活をして、立派な人間になって、神さまに喜んでいただくということが目標だと考えていたのです。

しかし、神のみことばとして与えられたものには「ごく小さい者は、私に来るように」とあったのです。そして、その答えはやはりそのノートのなかにありました。

あなたたちは乳房に養われ／抱いて運ばれ、膝の上であやされる。／母がその子を慰めるように／わたしはあなたたちを慰める（イザヤ66・12－13）。

このことばに出会ったテレーズは、喜びに満たされて叫びました。

ああ！　これほどやさしく、これほど調子の美しい言葉が、私の霊魂を喜ばせにきたことは、これまで決してありませんでした。

おお、イエス様！　私を天にまで上らせるエレベーター、それらあなたのみ腕なのです。ですから、私は大きくなる必要はありません。かえって、ますます小さくならなければなりません。

神様！　あなたがしてくださったことは、私の期待をはるかに超えています。

それで、私はあなたのあわれみを歌いたいのです。

ここで大転換が起きていきます。テレーズも小さいときからカトリック教会の教えを空気のように吸いこんでいました。そういうなかで、自分はやはり立派な者にならなければならないと思い、そのために修道院にも入りました。テレーズは十五歳のときにカルメル会に入っているので、先輩の修道女たちは皆、年長者です。そういう人たちのなかで、先輩たちのようにできることは、テレーズにはほとんど何もありませんでした。

また、テレーズの成育歴を見れば、今で言えばほとんど引きこもりのような子どもであったことがわかります。中流階級以上の家庭の子どもたちが行くような寄宿学校に入りますが、勉強はほとんどできません。寄宿舎には入っても、学校には行けないというような状態で、結局十三歳のときに辞めてしまいます。

テレーズの心のなかには修道生活への望み、すなわち神さまと一致して生きていきたいという、とても大きな望みがあったので一生懸命努力しました。先輩たちができることはできるようにならなければならないと思い、あるときにはがんばり、あるときには自分を責めたりしながら日々を過ごしてきました。しかし、二十一歳になったテレーズに神は、「ごく小さい者は、私に来るように」と言いました。そして彼女は、それが神さまの本質なのだということに気がついたのです。

拡大志向の人間

さてここで、テレーズの話から『侍』に戻りましょう。この小説では、大きくなっていこうとする人間と小さくさせられている人間の、両方の姿が描かれています。

遠藤さんの作品のなかでは、キリスト教文学の範疇《はんちゅう》にはまったくと言っていいくらい入らず、通俗小説として分類されるであろう『わたしが・棄てた・女』にもこの対比が出てきます。そこには自己拡大していこうとする一人の男と、大きくなれないのではなく、大きくなろうとはまったく考えない、大きくなることが自分の視野のなかにまったく入らないミツという女性が登場しています。遠藤さんはこういう対比を、キリスト教的なバックボーンをほとんど感じさせないで書いています。
『侍』では、大きくなっていこうという人間としてベラスコという神父が出てくるので、この人のことばを見ていきましょう。まず、彼が江戸で初めて東北の藩の役人と会う場面です。

体をかがめ控えの間にいる家来たちに挨拶《あいさつ》をしながら、彼は日本人たちが遂《つい》に自力で太平洋を渡り、ノベスパニヤに赴く計画を立てはじめたのかと思った〈30〉。

ここで表現されているのは、自己拡大していこうとする日本の国のあり方です。そしてそこには日本人たちのあり方も出てきています。さらにベラスコの心のなかでのつぶやきとして、次のようにあります。

（蟻《あり》のような人種だ。彼らは何でもやろうとする）
宣教師はこの時なぜか、水溜《みずたま》りにぶつかると、その一部が身を犠牲にして橋となり仲間を渡す蟻を思いだした。日本人はそんな智慧《ちえ》を持った黒蟻の群れだ〈31〉。

何回も申し上げたように、遠藤さんは歴史研究をしたかったわけではなく、当時の人々に真の生、人間のあり方というようなものを小説のなかで提示してみたいと思ったのです。この本が出版されたのは一九八〇年です。そんなに古いことではなく、まだ皆さまの記憶のなかにある年代だと思います。

その一九八〇年代は八五年を過ぎたあたりでバブル経済の世界に入っていく、その前夜のようなものです。そのようななかでこの小説が発表されます。つまり、世界に出て行こうとする日本人たちのあり方がこの小説で語られてもいます。江戸前期の話として語られつつ、同時に一九八〇年の話として語られています。そして前に申し上げたように、神さまのメッセージを告げるという意味での「預言者・遠藤周作」はまた、現在のことを言い当てているのです。

なぜ、遠藤さんにはそのようなことができたのか。それは、彼が普遍的な人間の本質をつかんだからです。言い換えれば、神がどのような人間につき合っているのかということにもつながります。そこには神の本質というものもありますし、その神がつき合っている人間といってもいろいろです。今から百五十年くらい前まで、侍はまげを結っており、自動車ではなく籠《かご》に乗っていました。そのように時代の変遷とともに変わっていくことはたくさんありますが、遠藤さんはいつの時代にも変わらない人間の本質的な部分をちゃんと見ているのです。

それがあるので、いつの時代についても言えることを話しているわけです。水溜りにぶつかると、その蟻の集団のなかの何匹かはその水溜まりにわざわざ入っていく。もしかすると、自分はそのなかでおぼれ死んでしまうかもしれませんが、そうしてほかの蟻を渡らせるということをやっていると、ベラスコは言っています。

実は、これは皆さまの記憶にある一九八〇年代の日本人たちがやっていたことであり、そして今、私たちがグローバル経済のなかでやろうとしていることです。ここは拡大していくという点で非常に良い分析です。そしてさらに、ベラスコにこう言わせています。

神《デウス》はなにものも使われるが、日本人は役にたつものだけを徹底的に使う〈31〉。

神さまはどんなものもお使いになる。これは大切な断言です。私たちを救うために、私たちの罪すら使われます。人間の過ちすら使って神さまはご自分の愛を広げていこうとされます。神さまにとって無駄なものは何一つありません。そのような意味で遠藤さんはこう書いています。

一方で、日本人は非常に功利主義的な面を持っています。イギリスなどで、功利主義的な哲学が出てくるのは十七〜十八世紀ではないでしょうか。しかし、それよりもっとずっと前から日本人は役に立つならどんなものでも利用し、役に立たないならどんなものでも捨ててしまうというやり方を持っていたということです。

日本人は宣教師〔ベラスコ〕をこの計画に有用だと考えればこそ、一度、脅しておいて、ふたたび助けたのであろう〈31〉。

「切支丹は迫害するぞ、禁止にするぞ」と脅しておいて、役に立ちそうな人を選びます。簡単に言えば、自分の言いなりになると思う人間を、まず脅しておいて選び出すのです。これが、日本人がよく使う手だと言っているわけで、皆さまもぼんやりしていたらだめなのです。

ここには女性の方が多くおみえですが、お連れ合いがいらっしゃる方も多いでしょう。あなたが六十代だったとすると、一九八〇年代当時のあなたのご主人はこのような世界で働いていた、これが遠藤さんの言いたいことです。

ベラスコ神父にはマニラのポーロ会からやって来たディエゴという同僚がいました。

兎《うさぎ》のような赤い眼をしたこの年下の同僚を宣教師〔ベラスコ〕はひそかに馬鹿にしていた。神学生の時代にも彼は純真で無能な友人に出会うと、軽蔑《けいべつ》の感情を心から消すことができなかった。彼はそれを自分の嫌な性格と知っていたが、どうしても治すことができないのである〈31—32〉。

遠藤さんはベラスコに、大きくなっていこうとする人間の傾向を表現する役割を与えています。

日本人はノベスパニヤとの貿易の利を求めて遂に太平洋を黒蟻が渡るように渡ろうとしている。だがこの日本人の貪欲《どんよく》さを布教のために利用すべきだと宣教師は考えた。

〈彼らには利を与え、我々には布教の自由をもらう〉〈35〉

神学生時代から頭が切れたベラスコはこの企画に参加する上でこのように考え、ただ自分だけがそれをすることができるのだという自信を持っています。そして「私がもし司教ならば……」と、彼は何度かこの物語のなかでつぶやいています。

人間のなかで動く打算

遠藤さんはベラスコだけではなく、もう一つ、侍が自ら置かれている立場のなかでの行動でもそれを表現しています。

侍自体はあまり恵まれた境遇にいるわけではありません。あるとき、石田という上役が侍と叔父のもとにやってきます。「今日はよき土産を持って参ったぞ」との石田のことばに、叔父は黒川というかつての領地に戻れるのではないかと期待します。

侍たちは今、谷戸《やと》という山間の痩せている土地に住んでいます。彼らが何か失敗したわけではないのですが、藩のなかでもっと手柄を立てた人がいて、黒川という肥沃《ひよく》な土地はその人に与えられ、領地替えが行われました。侍や彼の叔父は戦《いくさ》で手柄を立てれば、再びもとの領地に戻れるかもしれないと思っていましたが、すでに徳川が日本全国を治めています。もう戦は起こることもなく、手柄を立てるチャンスはありません。そういうなかで石田は「よき土産」「戦よりももっと大手柄をたてる道を開いて参った」と言って、殿の使者として外国に渡っていくという話を持ってきました。叔父は、もしもその大役をやり遂げたならば、長年の望みである領地換えをしてもらえるかもしれないと考えています。こういう打算のようなものが、いつも人間のなかで動いているということを遠藤さんは見逃しません。

侍は、「自分はなぜ使者衆の一人に選ばれたのだろう」と自問しています。藩には格式の高い家もあまたあるなか、格下の家の総領である自分のような者がなぜ選ばれたのか、それがどうしてもわからないのです。

才もなく、弁もたたぬ自分がこの大役に向いているかどうか、石田さまがよく御存知の筈《はず》である。(俺の取柄は)と侍はぼんやりと考えた。(父や叔父に従順であったことだけだ。何事にも逆らわず、百姓たちのように忍耐できるのが、ただ一つの才だといつも思ってきた)〈59〉

侍には、拡大していこうという気持ちがある一方、リジューの聖テレーズと同じように、自分を振り返り、自分には力がないということを自覚しています。ここはベラスコとは少し対照的に映るところでしょう。

再びベラスコの話に戻りましょう。彼とエスパニヤ人の船員、そして侍たち使者衆と商人たちを乗せた船は太平洋を航行しています。ベラスコは商人たちにエスパニヤ語を教えていますが、同時に、ことばだけを学んでもノベスパニヤとの取引はできない、切支丹《キリシタン》の心得が必要であると説いています。商人たちの間に動揺が広がりますが、それを見ていた松木という使者衆の一人が侍たちに言います。

「見い、商人たちが耳を傾けておるわ。あの者たちは商いの利のためなら進んで切支丹にもなるつもりであろう。ベラスコもその商人の貪欲《どんよく》さを承知で切支丹の教えを吹きこんでおる。なかなかの曲者《くせもの》だぞ、あの通辞」〈１０９〉

このようなことがたくさん繰り広げられていきながら事は進行していきます。ここでは、自己拡大していこうとする人間の姿が大きなテーマであろうかと思います。

小さくなっていく人間

このように私たちは常に自己拡大していく方向に行こうとします。先述したようにリジューの聖テレーズも最初は自分が立派な人間になろうと思っていました。人間は赤ちゃんとして生まれ、だんだん成長して立ち上がれば皆に喜んでもらえるし、学校に行って算数ができればまた喜んでもらえます。自己拡大していけば、周囲に喜んでもらえるというのは当たり前のことなのです。しかし、リジューの聖テレーズは不思議なことに、まさにそれをひっくり返した世界を発見し、そこに神さまの本質があるということを見ていきました。

では、この『侍』という小説で著された「小さくなっていくほう」を少し見てみましょう。これまで何度も見てきた与蔵という下男についての描写です。侍がこれから海外に派遣される前、与蔵に語りかけます。

「苦労だがの」と侍はしんみりと与蔵に言った。「供をしてくれるか」

一本の藁屑《わらくず》を指先でいじりながら与蔵はゆっくりとうなずいた。（略）

「どのような難儀な旅なのか、どのような国に参るのかもわからぬ。それゆえ……お前が供をしてくれれば心強いのだ」〈73〉

ここは、侍が与蔵に自分の心を打ち明けた最初の個所です。そして、遠藤さんの構成力の強さがわかるのですが、終盤、侍に役所から呼び出しがあり、沙汰が下り、これから自害の場へ行かなければならないという場面を見てみましょう。雪の降るなか、かしこまって座っていた与蔵が、突然ことばを発します。

「ここからは……あの方がお供なされます」

突然、背後で与蔵の引きしぼるような声が聞えた〈479〉。

与蔵は、侍が小さいころからずっと付き従ってきた人物であり、侍が外国に行くときにも、「供をしてくれれば心強い」と彼に言わせるような存在です。しかし最後の場面では、与蔵は侍の供をすることが不可能なのです。この小説の最初と最後でこのような書き方をして対応させています。小説全体を見れば、与蔵を私たちとともにある神の現れとして描こうとしています。

先述したように、遠藤さんは学生のとき、神は働きなのだという内容の論文を書いています。神はドアの向こう側や天の上にいて私たちを見ているのではなく、一人ひとりの人間を通して働きかけてくる存在であるということを最初から言っていました。

この小説では、与蔵という人の生き方を通してキリスト、そして神さまのあり方が見えてきます。遠藤さんは、それがキリスト教なのだということを確信していて、このような書き方をしているのです。

もう一人大切な登場人物は、こちらも何度も触れた、ノベスパニヤで侍が出会った日本人の元修道士です。この人はキリスト教を侍や読者に伝える非常に大きな役割を果たしています。遠藤さんは、このインディオの群れで生きているこの人の姿のなかに小さくなっていく人の姿を描きます。この辺りのところは今まで何度も扱ったので、少し先のことに入っていきましょう。侍が再びこの元修道士に会う場面です。侍はヨーロッパを旅するなかで見た十字架につけられたイエスを思い出し、なぜ、あのようにみすぼらしく、惨めな男を敬うことができるのかと尋ねます。それに対して元修道士は答えます。

「私も……むかし（略）同じ疑いを持ちました。だが今は、あの方がこの現世で誰よりも、みすぼらしゅう生きられたゆえに、信じることができます」〈399〉

この「みすぼらしゅう生きられた」、これをリジューの聖テレーズのことばに言い換えれば、「小さな者として生きた」ということになります。元修道士は、だからこそ信じることができると説明しますが、そのときの侍には理解できませんでした。

さらに、この元修道士は「時々、このインディオたちのなかにイエスの姿を見つけることがございます」と言います。これはマザー・テレサも語っていることです。「この貧しい人たちのなかに私はイエスを見るのです。イエスさまは最後の時に、『私は渇く』とおっしゃいました。この永遠に潤されることのないイエスの渇きを潤すこと。これが私たちの修道会の使命です」とマザーはおっしゃいます。今、死にかけている人、治らないであろう病気にかかっている人に水一杯を差し出すということによって、イエスの喉の渇きを潤すのです。

「犬」が象徴するもの

故郷に戻ってきた侍は、冬が来る前の仕事を終えたある日、与蔵とともに山路《やまみち》を登り、沼にやってきます。その前に元修道士がくれた書き物を読んだ侍は、旅の途中で目にした「あの男」のことを考えます。「あの男」とは痩せこけ、十字架につけられたイエスです。そのイエスが、人間にとっての「あわれな犬になってくれた」と、キリストのことを「犬」と言うのです。

遠藤さんは、『わたしが・棄てた・女』においても、ミツという女性に対して「犬」という表現を当てています。吉岡という男性がミツについて、「いつも俺の後ろからちょろちょろついてくる犬みたいな女だ」というふうに言うのですが、最後までこの男を棄てなかったのは誰なのか。この「最後まで」というところに注目してください。なぜなら死んでしまった後も、ミツはこの男のなかに宿り続けるからです。そのときにこの「犬」ということばを使っています。

同じく「犬」とは、福音書のなかにも出てきますが、どこだかおわかりになるでしょうか。ルカによる福音書16章に「金持ちとラザロ」という話があります。体中できものだらけのラザロという貧しい人が、金持ちの門前で横たわっていました。金持ちは恐らく、毎日そのラザロの前を行ったり来たりしていたでしょうが、ラザロがいるということすら気がつきません。もちろん、自宅の食堂にあるパンくずをその男にやろうともしません。そこにやってきて彼の相手をしてくれるのは、できものだらけの体をなめてくれる犬だったとありますが、この犬はキリストのことを言っているのでしょう。

侍は自分に言い聞かせるように繰り返します。

「そう、あの男は共にいてくれる犬になってくれたのだ」〈446〉

ここがまた遠藤さんの構成力のすごさなのですが、この小説の冒頭部分、石田という上役に呼び出されて話を聞かされた侍が、そこから帰るところの描写を見てみましょう。

「雨のなか、戻るのは苦労であろう」

退出する侍を石田さまは父のように優しくいたわってくださった。館《やかた》の外ではつめたい雨にぬれきった蓑《みの》をまとって与蔵が犬のように従順に侍を待っていた〈18〉。

ここはとても大切なところです。石田という上役は侍に、雨のなか戻ることを気遣ってことばをかけますが、自身は立派な館のなかにいます。しかし、その館の外では冷たい雨にぬれきった蓑をまとって与蔵が「犬のように」侍を待っていたとあります。それは死ぬに値しない「犬死に」としか言いようのない生と死を生きることになる登場人物たちを暗示しているようにも思えます。それが終盤では、この「犬」という象徴がキリストに発展していくという構成になっています。こういうところに、この作品における高い文学的価値を見出せるように思います。

　このように、この小説では自己拡大していこうとする人間と、小さくなっていく、あるいは小さくさせられていく、また、小さな者として生きていこうとする人たちの両方が描かれています。私たち人間はその間を揺れ動いている存在ですが、与蔵やノベスパニヤの日本人元修道士は変わらない者として登場しています。その一方で、自己拡大していこうとする方向と、小さくなっていくという方向を揺れていく存在としてベラスコと侍が描かれていきます。つまりベラスコと侍が私たち自身であり、それは私たちのこの地上での生きざまです。当然、それはリジューの聖テレーズの揺れていた生き方でもあります。テレーズには、立派な人間になるよう大きくなっていこうとする心と、本当の神さまに出会って、自分が神の前でどのような存在であったらよいのかを確認した心の両方を持っていました。これと同じ心情がベラスコのなかにも、また侍のなかにもあります。

神は決して見捨てない

ここでリジューの聖テレーズの考え方と心をとらえた霊性を知っておく必要があると思いますので、彼女がベリエール神学生にあてた手紙を見てみましょう。テレーズは彼に一度も会ったことはありませんでしたが、院長からこの人を霊的に指導してあげてくださいと依頼されます。ベリエール神学生からの手紙に対するテレーズの返事が彼のもとにたくさん残っていて、それが書簡集に収められています。

ベリエール神学生は、これから神父になっていくことに自信が持てません。その彼に対して書いた手紙の初めの部分には、「世間の嵐吹く荒海を渡るにはどうすればよいかを、（略）お教えいたしましょう」とあります。ここで、テレーズは信仰をさらに深めるにはどうしたらよいのかとは書いておりません。そこが大切です。

それは、自分が**父親**に愛されていること、そして、この**父**は危険に際して、決して自分を放っておくことができないのを知っている幼児の愛と委託の精神をもって進むことです〔太字は引用元による、以下同〕。

私たちはここで、リジューの聖テレーズが悩んだこととは何かをはっきりさせなければなりません。大方の霊的指導者はそこを言わないのですが、テレーズは神さまと一緒に生きられるかどうかということや、私には信仰が足りないのではないかということで悩んだのではありません。リジューの聖テレーズは彼女自身の世界に問題を持っていました。

彼女には、かつてたくさんの問題を抱えてきた過去がありました。例えば、学校に行けなかったことです。お姉さんが次々に修道院に入っていくと、自分はもう生きていけないと感じてしまいます。テレーズには、ふさぎこんで何もできなくなるというような性格的、病的な弱さのようなものがあり、それをずっと抱えて生きてきました。修道院で雑巾がけをしても、年長の修道女から「雑巾が絞れていない」、また手洗いで洗濯をしても、「きちんと洗えていない」と注意されるようなことがたくさんあったのです。

これらはリジューの聖テレーズに関してよく出てくるエピソードですが、そういうとき私たちは、すべてを信仰の話にしてしまいます。しかし、そうではありません。リジューの聖テレーズにとってみれば、これはすべて「世間」なのです。つまり比較できるものです。「私よりもあの人のほうがちゃんとお掃除ができる」とか、「私にはできない。だから院長に怒られてしまった」という話がそこにあります。これは全部、世間です。「私はこの会社で一生懸命働いているけれども、同期の彼が先に昇進してしまった」というような話と一緒なのです。

では、そういう世間のなかでどうすればよいのか。テレーズは「自分が父に愛されていることを知ること。そして、その父は危険を前にした自分を決して放ったらかしにはしない。そのことを知っている幼子の愛と委託の精神をもって進め」と言います。遠藤さんは、『侍』という小説で、人は役に立たなくなれば見捨てられていくという現実を書いていますが、それは日本だけのことではなく、地球上どこでも同じです。

このリジューの聖テレーズも世間で、そういう目に何度も遭ってきていますが、そういうとき、「神さまは決して私を見捨てない」と言います。人間は簡単に他者を見捨てます。自分の気に入らない人や自分の役に立たない人だと思えば、簡単にその人を切り捨てていきます。しかし、父なる神さまは決して自分を放っておくような方ではない。そのことを知り、幼子の愛と委託の精神をもって進みましょうと言っているのです。

聖テレーズはベリエール神学生に対して、「あなたのご霊魂も、決して恐れという嶮《けわ》しい**階段**をよじ登ることによってではなく」と言っています。彼女は、ベリエール神学生はそんなに意志の強い人ではなく、むしろ自分と似ているところがあるということを見抜いています。ですから、「愛のエレベーターで、神さまのみ許に昇るように召されていらっしゃるではありませんか」と言っています。これは「父親には、この子が一度ならず同じ過ちに陥るのがわかっています。でもこの子が胸に飛びついてくる限り、何度でもゆるすつもりです。どんなに社会の荒波のなかで蹴飛ばされたり、放りだされたりしても、そういう方に支えられているということを忘れてはいけませんよ」ということです。

次に紹介するのはテレーズの絶筆です。至聖童貞マリアにあてて書いています。

おゝ、マリアさま、もし私が天の元后で、御身がテレーズだといたしますなら、私は、御身が天の元后でいらしてくださるように、テレーズでありとうございます!!!……

これは難しい文章ですが、「私が天の元后になったとしても、私はテレーズなのです」ということを言っています。つまり、彼女は今まで生きてきて、世間的な基準で傷つけられたけれども、このように生きてきた自分のことが大好きだ。自分がマリアさまになることはなく、そんなことは神さまも望んでいない。このままの自分でいいということです。テレーズは一九八七年九月三十日に亡くなりましたが、その前の晩、ひと言別れの言葉を求めた姉のセリーヌに、「もう何もかも言いました。何もかもおしまいです」とテレーズは語りました。

この「おしまいです」とは、十字架上のイエスが酸いぶどう酒を受けて、「成し遂げられた」と頭を垂れて息を引き取られたという場面と重なっています（ヨハネ19・30）。つまり、「何もかもおしまい」とは、「すべて成し遂げられた」という意味です。そして彼女は、「値打ちがあるのは、愛だけです」と言って息を引き取っていきます。「ああ！……私は、主を愛します！……私の神さま……私は……御身を……愛します！」。これが最後のことばでした。

何も持たずに

リジューの聖テレーズによる「神のあわれみの愛に身をささげる祈り」というものが残されています。この祈りには、「この世のいのちの夕べには、なにも持たずに、御身のみ前にまかり出ることでしょう」とあり、別のところで「私は空の手であなたの元に参ります」と言っています。

なにも持たずに、御身のみ前にまかり出ることでしょう。主よ、私の主よ、私は、私の善業を数えてくださいとはお願いいたしません。主の御目には、人の義もすべて、汚れたものとしてしか映りません。ですから、私は、御身ご自身の義をまとい、御身の愛によって、御身ご自身を永遠に自分のものとしたいのです。おお、最愛の主よ、私は、御身ご自身でなければ、他のどのような王位も栄冠もいりません！　御身にとって、時など何ものでもございません。一日も千年と同じです。ですから、またたくまに、私を御身のみ前に出るにふさわしい者にすることがおできになるのです。

これがどのように遠藤さんの作品のなかに反映されているかについて見てみましょう。『侍』の最後で、侍は死へと追いこまれますが、そこまで行っても彼がいちばん望んでいた領地替えは実現されませんでした。長い旅からようやく帰ってきたからといって、「ご苦労さま」とねぎらいのことばを誰かからもらえたのでしょうか。それもありませんでした。それどころか、彼はいれば困るという存在にされていました。

そういうなかで、この侍はもう何も持っていません。何もかもがはぎ取られてしまった状態です。それは十字架上でのイエス・キリストと一緒です。そして、もう一度どうしても日本人にキリスト教を伝えるのだと、危険を承知で密かに日本に上陸したベラスコもそうでした。与蔵も、またノベスパニヤの元修道士もそうです。リジューの聖テレーズも。そして私たちもそうです。

これは十字架上でのイエスあり方です。そしてそのあり方とは、イエスやリジューの聖テレーズのような聖人たちだけでなく、すべての人間に共通することです。十字架というのはあなたの姿なのです。だからこれらの人々も、イエスも、そして私たちも、何も手に握りしめることなく、この地上での生を終わることになるのです。何かを抱え込んだり、握りしめて、主の前に出ることができないのが私たちです。しかし、ただ何もかもなくなってしまったということと、信仰があるということの違いを遠藤さんは最後に書くのです。

侍が最後に登場する場面で、与蔵が突然、「ここからは……あの方がお供なされます」「ここからは……あの方が、お仕えなされます」と引き絞るような声で言います。そして、次の文には、信仰があるとないとではまったく違うのだと書いてあるのです。

侍はたちどまり、ふりかえって大きくうなずいた。そして黒光りするつめたい廊下を、彼の旅の終りに向って進んでいった〈479〉。

侍はここで大きくうなずきました。では、何にうなずいたのでしょうか。この力を与えたのは「あの方」なのです。ここから先は「あの方」が供をしてくれ、仕えてくれるから、彼は力強く自分の旅の終わりに進んでいくことができたのです。

そして遠藤さんはベラスコにも言及します。この小説はともすれば侍だけが脚光を浴びる小説ですが、ここで終わりにしません。ベラスコは日本に戻って潜伏し、多くの信者たちにご聖体を授け、ゆるしの秘跡を与えながら動き回っています。しかし彼もついに見つかって殉教していきます。彼の最期を前にして役人はベラスコに侍と西が仕置きを受けたことを告げます。

と、黙っていたベラスコの鉛色の唇に嬉《うれ》しげな微笑がうかび、

「ああ」その唇から声が洩《も》れ、カルバリオ神父を振りむいて叫んだ。「私も彼らと同じ《タント・ヨ・コモ・エリョス》

ところに行ける《ポデモス・イール・アリャ》」（略）
最後にベラスコの杭を包んだ白い煙のなかから、ひとつの声がひびいた。
「生きた……私は……」〈487－488〉

ベラスコはこのように言って死んでいきます。何もかもを自分の手で握りしめることもできず、抱えこむこともできず、ただこのようにして去っていくわけです。遠藤さんはこの最後の場面で、信仰があるのとないのとではどう違うのかということ、彼らのなかには大きな充実感があるということを言おうとしています。

人間としてのたった一つの使命

侍もベラスコも、あらゆる意味で無念の死を遂げます。それでも充実感、すなわち自分で握りしめたものではないもので満たされている人間のいのち、生がそこにあるということを、この二人の最期の場面で書いています。そしてベラスコに「生きた……私は……」と言わせています。私たち一人ひとりは、それぞれの人生をもう生きてしまっています。私もきょう、家に帰ったら心臓麻痺で死ぬかもしれません。そうすると私の生は生きてしまったのです。皆さまも帰りがけにどうなるかはわかりません。しかし私たちは、そういうふうにいつの日か自分の生涯を閉じていくのです。

このベラスコの最後のことば「生きた……私は……」の意味は、この生きてしまったその人のいのちだけが主のもとに届くということではないでしょうか。つまり、立派に生きたとか英雄的に生きた、あるいはすばらしい福音宣教者として生きたなどという、どう生きたかということではなくて、もう生きてしまったその人のいのち、ただそれだけが主のもとに届くのだと言っています。精神や魂が神さまのところに行くという実体的なものとして捉えているのではありません。その人の生涯はとても惨めで貧しく、哀れなものであって、他の人と比べたら「なんてバカな」と言われるようなものであるかもしれません。あるいは、大きな功績を残せたかもしれないけれど、最後は何でもない、ただの人として死ぬしかなかった人もいるかもしれません。しかし、そういったものであろうとも、その人がもう生きてしまった不可逆的な人生を通して神は語り、立ち現れてきます。

リジューの聖テレーズは語っています。

この世のいのちの夕べには、なにも持たずに、御身のみ前にまかり出ることでしょう。

（略）主の御目には、人の義もすべて、汚れたものとしてしか映りません。ですから、私は御身ご自身の義をまとい、御身の愛によって、御身ご自身を、永遠に自分のものとしたいのです。

テレーズは、私を通してイエスが現れてくださいと願っています。私を通してイエスがご自分の姿を現してください、神さまがご自分を現す場としてこの私を使ってくださいと言っているのです。

先に紹介したテレーズの祈りのなかの「最愛の主よ、私は、御身ご自身でなければ、他のどのような王位も栄冠もいりません」とはそういう意味です。主よ、あなたが私を使って働き始めてくださいますようにと願っています。「そんなことできるか」と人は言うでしょう。しかし、「一日も千年と同じです。ですから、またたくまに、私を御身のみ前に出るにふさわしい者にすることがおできになるのです」とテレーズは語り、もし自分の努力でそうなるのに千年かかるとしても、神さまは一日でできるのだと言うのです。

あの侍はどうでしょうか。「ここからは……あの方が、お仕えなされます」と与蔵が言いました。それを言い切るのに数秒しかかかりません。そしてその次の瞬間に侍は大きくうなずいて黒光りのする廊下を歩いていきました。それは侍、長谷倉六右衛門という人を通してイエスが語り出したということです。

ベラスコの場合も「生きた……私は……」と言いながら、煙に包まれている彼を通してイエスが働き出しました。ここでテレーズが言おうとしていることと遠藤さんが言おうとしていることとが重なります。つまり、「あなたでなければどんな王位も栄冠もいりません。私が望んでいるのは私からあなたが現れることです」ということです。

そういう意味で、私が神の似姿であることをまっとうする、遠藤さんはそれが人間としていのちを預かった者のたった一つの使命なのだということを言おうとしているのです。

引用・参考文献

遠藤周作『わたしが・棄てた・女』文藝春秋新社、一九六四年（講談社文庫、一九七二年）
同『沈黙』新潮社、一九六六年（新潮文庫、一九八一年）
同『侍』新潮社、一九八〇年（新潮文庫、一九八六年）
同『深い河』講談社、一九九三年（講談社文庫、一九九六年）
遠藤周作・小川圭治・熊沢義宣・佐古純一郎「特別座談会　神の沈黙と人間の証言――『沈黙』の問題をめぐって」『福音と世界』一九六六年九月号、四九‐六七頁
押田成人訳「赤い人の手紙――一八五四年、アメリカインディアン・シャトル酋長のアメリカ大統領への手紙」『本の窓』一六巻六号、四二‐四四頁
菊地多嘉子『リジュのテレーズ』（Century Books 人と思想）清水書院、一九九四年
福岡女子カルメル会訳『幼いイエズスの聖テレーズの手紙』中央出版社、一九六三年

あとがき

本書でテーマとした遠藤周作さんの小説『侍』に初めて触れてから四十年近い年月が過ぎてしまいました。そのとき読み味わったこの本と、やはりその頃初めて触れたリジューの聖テレーズという二つの世界の近さに気づくのにこれだけの時間がかかったということでもあります。おそらく、私が歩いてしまった道筋がこの二つの世界を近づけてくれたのかもしれません。

十数年続いている白百合女子大学の公開講座「創造への道」は、建学の精神であるカトリック・キリスト教をテーマに、毎年シリーズが開催されてきました。本書はそのシリーズの一つとして企画された講演をもとにして執筆・加筆したものです。

いつも、この企画にご参加くださいました方々と同じ地平に立ち、皆さまの発するオーラを受け取りながらお話し申し上げてきました。そこには毎回、悲しむ人、凍えた心、疲れた心、焦燥のまなざしが見え隠れします。この偽りのないいのちとの交流の中で、『侍』は今日の世界に翼を広げ、翼の内側へと時代に翻弄される私たちを集めてくれました。

遠藤さんの著作は、生きている芸術作品の必然として著者の思いを遥《はる》かに超えて独り歩きを始め、新たな意味を時代の裂け目に浮かび上がらせる使命を果たしてくれています。時代のその時を生きる人々へのメッセージこそ、遠藤さんがご自身の作品に込めたテーマだったのではないかと思い、もしここに遠藤さんがおいでになったらこんなふうにおっしゃるのではないかな、ということまで、僭越《せんえつ》ながら書いてしまいました。

多くの方々の尊い目立たない日々があって、このつたない本になりました。深く感謝申し上げます。本書が、神と人との新しいご縁を結びますようにと願いつつ。

二〇一八年十一月十日

星野正道

著者紹介

星野正道（ほしの・まさみち）

1950年，東京都杉並区生まれ．
国立音楽大学卒業．ピアノを専攻．
聖アントニオ神学校卒業．哲学・神学を修める．
1993年，カトリック司祭に叙階される．
現在，東京大司教区司祭・白百合女子大学教授．
2019年 4 月より和歌山信愛大学教授に就任予定．

主な著書

『崩壊の時代に射す光――ヨブとミツが立つ世界の中で』
『いのちへの答え――傷つきながらも生きる』
（ともにオリエンス宗教研究所）．
『祈りの諸相』（共著，弘学社）．

いのちに仕える「私のイエス」

●

2019年1月15日　初版発行

著　者　星野正道

発行者　オリエンス宗教研究所

代　表　C・コンニ

〒156-0043　東京都世田谷区松原2-28-5

☎ 03-3322-7601　Fax 03-3325-5322

https://www.oriens.or.jp/

印刷者　東光印刷

ISBN978-4-87232-106-7　Printed in Japan

東京大司教出版認可済